TopBook
一个人，遇见一本书　饕书客

猫之墓

［日］夏目漱石

日本『国民大作家』经典随笔
日式美文巅峰之作
质朴、平实中闪现平民式的诙谐幽默

译者 杨晓钟 等

陕西新华出版传媒集团
陕西人民出版社

图书在版编目（CIP）数据

猫之墓 / (日)夏目漱石著; 杨晓钟等译.—西安:
陕西人民出版社, 2016
ISBN978-7-224-11914-5
Ⅰ.①猫…Ⅱ.①夏… ②杨…Ⅲ.①散文集–日本
–现代Ⅳ.①I313.65
中国版本图书馆CIP数据核字(2016)第164569号

出 品 人: 惠西平
总 策 划: 宋亚萍
特约编辑: 鲁小山
策划编辑: 关　宁 韩　琳
责任编辑: 王　倩 王　凌
封面设计: 哲　峰

TopBook 饕书客

猫之墓

作　　者　[日] 夏目漱石
译　　者　杨晓钟 等
出版发行　陕西新华出版传媒集团 陕西人民出版社
（西安北大街147号　邮编：710003）
印　　刷　西安建明工贸有限责任公司
开　　本　890 mm×1240mm　16开　6.375 印张
字　　数　120千字
版　　次　2017年1月第1版　2017年1月第1次印刷
书　　号　ISBN 978-7-224-11914-5
定　　价　22.80元

关于夏目漱石

——写在《猫之墓》前

杨晓钟

夏目漱石，本名夏目金之助，是日本近代文学的杰出代表，在日本文学史上享有很高的地位，有“国民大作家”之称，也是中国读者最为熟知的日本作家之一。1867年生于江户望族，为家中幺子。1888年考入东京第一高等中学，与后来的俳句运动倡导者正冈子规结为挚友。22岁那年，他便以汉文来评论正冈子规的《七草集》，并以汉诗体作游记《木屑集》。就在这年，首次使用“漱石”为笔名。这个颇具汉学意涵的名字据说其典取自于中国的《晋书·孙楚传》。

漱石于日本自然主义勃兴时期步入文坛，但创作风格却与自然主义截然不同，他的作品带有强烈的道德意识和对现实的批判色彩。他崇拜正冈子规的写生文，将自然与人生当作一幅写生画来描绘，创作逐渐由此发展为“有余裕的文学”，又称“低徊趣味”小说（1908 年夏目漱石为高滨虚子的小说集《鸡头》所作序中的造语）。他的处女作《我是猫》就属于此类作品。

夏目漱石早期创作受到两种思想的支配，即同现实抗争和逃避这种抗争。《哥儿》《疾风》等作品就贯穿着主观反抗意识，而《旅馆》《伦敦塔》等又充满着浪漫主义色彩。当然，批判现实主义一直是夏目漱石创作的主流。

在漱石第二时期的创作中，最引人注目的是“爱情三部曲”：《三四郎》《后来的事》《门》。这三部作品虽然写的是爱情故事，但意义决不限于爱情范畴，其表现的实际上是明治时代知识分子的生活道路问题，描写他们不满现实而又无力斗争的状况，其中不乏对明治社会的黑暗现实的揭露和批判。

夏目漱石的作品贴近现实，多为表现普通人的生活，描写他们在恋爱、婚姻、家庭和社会中的各种问题，尤其是知识分子内心矛盾又找不到出路的痛苦心情，既富有浓厚的时代气息，更秉有强烈的伦理道德意识和道义个人主义精神。

在艺术上，漱石的作品继承了日本“俳谐”文学的传统，吸取了日本民间文学“落语”的有益成分，风趣而幽默。夏目漱石还是日本文学界公认的首屈一指的语言大师。他的语言精确、丰富多彩、富有表现力，常常把雅语、俗语、汉语、西语等混融于作品之中，成为叙述故事情节、刻画人物形象、描绘内心世界、反映现实生活、表达人生哲理的有力手段。

夏目漱石一生著有两部文论、大量俳句、几百首汉诗，若干随笔和书信，但在文学上的最大贡献是以他十几部长篇小说和大批短篇小说树起了“批判现实主义”文学的丰碑，给后来的作家以深刻的启迪。

《猫之墓》这本书择取了夏目漱石若干随笔作品汇集成册，这些随笔具有鲜明的漱石风格，语言平实、质朴并带着平民特有的诙谐色彩：其中有写对故去友人的怀念（《子规的画》），有写生活中的黑色幽默（《猫之墓》），而这些随笔也正是“日式美文”的经典代表，它们从细微之处探寻格致之美，由细腻之情感引发生活的哲思，看似平淡如水实则意味隽永。

1

目录

子规的画

子规所作的画，我手头仅有一幅。为了纪念这位亡友，我将它长期珍藏于袋子中。年复一年，有时我甚至完全忘记了袋子置于何处，近来忽然想起，为了避免搬家时遗失，便决定将它送去装裱店做成挂轴挂起来。于是，我抽出存画的袋子，掸去灰尘，仔细查看，只见画儿还是原样，潮乎乎地折成四折。袋子里除了画，还有几封以为早就遗失了的子规的来信。我从中挑出两封：一封是子规寄与我的最后一封信，还有一封时日不详的简短的信。我把画夹在两封信之间，一起拿去装裱了。

子规的这幅画画的是插在花瓶中的东菊，构图极为简单，旁边还加了几句注释："此乃余之行将枯萎之际所作，画技拙劣，实为病情所致，如若有疑，可自行曲肘而画。"看来子规自己也认为这画并不理想。子规画这幅画时，我已离开东京。因此，他又题了一首和歌，随画一并寄到熊本来，"君居肥国①远，归期未有期。心怀相思意，共菊盼君归”。

我把裱装好的画挂在墙上仔细端详，落寞之感油然而生。画中东菊只开了一朵，另有两朵花蕾。数数叶子，总共才有九片。花、茎、叶、花瓶仅着三色。图案的周围是一片白色，加之裱装使用的丝绢是冷色系的蓝色，所以怎么看都觉得寂寥难耐。

从画中运笔、着色可以看出，子规为了这幅简单的花草煞费苦心。区区三枝花，他至少花费了五六个小时。如此费心费力之举竟然完成于他罹患重病期间，显然，他是下了相当大决心的。而这与他作俳句、和歌时信手拈来的风格相去甚远。我暗自思忖，也许是因为子规初学绘画时，听不折②他们说绘画需要努力写生，便果真在一草一木上践行起来。子规是忘记了将自己在俳句上已经悟得的方法用在绘画上呢，还是尚无能力运用呢？

子规的东菊，体现了他稚嫩的技法和认真的态度。他那洋洋洒洒、立马万言的敏捷才思，在绘画中表现的却是笔锋徐缓、呆滞生硬。想到这里，我不禁笑了。虚子来看这幅画

① 肥国：日本肥前、肥后两国的古称。狭义上讲，是旧时肥后国（今熊本县）的雅称——译者注。

② 中村不折（1868—1943）：日本美术家，画家，正岡子规生前好友——译者注。

时，曾对子规的画大加赞赏。而我当时反驳说，凭子规的智慧和才气，耗费了那么多时间和心力，竟画得如此平淡无奇，可见其无以掩饰之“拙”。然而，子规认真作画，丝毫没有流露出厌倦之意。着眼沉稳踏实的创作手法，子规的画无疑体现了其愚直之妙。在一笔一画的勾勒中，他自知并非妙手丹青，所以尽舍捷径，坚忍地贯彻严格的涂抹主义，故，他的画作难脱一个“拙”字。

不管是作为普通人，还是文学家，子规都是一个与“拙”字无缘的聪明人。和他交往的每一天，我都没有机会嘲笑他的“拙”，就连欣赏他“拙”的瞬间都未曾有过。在他离世十年后的今天，从他特意为我画的这枝东菊中，我切实发现了他的“拙”。不论是让我发笑，还是让我折服，对此，我都产生了莫大的兴趣。这幅画的确让人感到孤独寂寥，若是可能的话，唯愿子规能将其“拙”再发挥得浑厚些，权当是对寂寥之感的补偿吧。

（张建宇　杨晓钟　译）

猫之墓

自移居早稻田以来，我家的猫便日渐消瘦，也不愿同孩子们玩耍了。它时常前爪并齐前伸，支撑着方方的脑袋，卧在阳光照射下的外廊里，一直呆呆地望着院子里的花丛，一动也不动。任凭孩子们在它身旁如何喧闹，它始终一副事不关己的样子。渐渐地，孩子们也疏远了这个昔日的玩伴，对它完全不理不睬了。甚至连女佣也只是将它的三餐往厨房角落一放，不怎么管它了。可是，那些食物大多被附近那只肥大的三花猫吃掉了。我家的猫对此一点儿也不恼怒，更不见有争夺的意向，只是静静地卧着。然而，那睡相却丝毫没有舒畅的感觉，与伸长了身子，尽情地享受阳光时的样子完全不同，它好像已经失去了动的气力——这么说似乎仍不足以形容它的状态。它慵懒的程度是前所未有的。静则岑寂，动则愈加岑寂，它看起来好像一直在极力地忍耐着什么。它的眼神始终游离在院子里的花丛中，可是它恐怕连树的枝叶形状都已经无法分辨清楚了。只是那双黄色泛着青灰的双瞳一直茫然地落在某处。如同家里的孩子无视它的存在一样，它好像也无视了世间的存在。

偶尔它也会出去一下，但只要一出去就会被附近的三花猫追赶。每次都被吓得蹿上外廊，撞破紧闭着的纸拉门，逃到火炉旁来。也只有这个时候，我们才能感觉到它的存在。恐怕它自己也只是在这个时候，才能真切地感觉到自己还活着吧。

如此反复多次，它原本长尾巴上的毛也渐渐地脱落了。最初还一块一块地呈斑状脱落，后来竟脱得露出了红色的皮肤，可怜兮兮地耷拉着。它似乎已经厌倦了这世间的一切，只是精疲力竭地蜷曲着身子，不停地舔舐着疼痛的地方。

“喂，你看猫这是怎么了。”我问妻子。而妻子极其冷淡地回答道：“噢，老了嘛。”见妻子这样，我也干脆不管了。

不久，它又出现了新的问题，老是把吃下去的东西往外吐。只见它的喉咙那里急促地上下蠕动着，发出很痛苦的声音，那种声音既不是打喷嚏又不像打嗝的。虽然它很痛苦，但是我们也想不出任何办法。只要看到它这样，我们还会把它赶到外面去。因为每次它都会吐得席子上、被子上到处都是污物，就连我们专门为客人准备的八端绸坐垫也被它弄得污秽不堪。

“真是没一点办法啊。是不是肠胃出问题了,你去化点宝丹水给它喝喝吧。”

妻子没搭理我。

过了两三天,我问妻子有没有给猫喝宝丹水,妻子回答说,“喂了也没用,它根本就不张嘴,”随后她又加了一句说,“给它鱼骨头吃,也都吐了。”我不禁愠怒地说:“那就不要给吃好了。”说完便闷头看起了书。

猫不吐的时候就像往常一样老老实实地卧着。这段时间,它一动不动地竦缩着身子,无比窘迫地蜷在外廊里,似乎就借着身子那么大点地方支撑着自己。它的眼神也有了些许的变化。起初,停留在近处的视线中好像显映着远处的东西一样,心灰意懒中还有那么几分沉静。不久,它的眼神便异样地游离起来。眼中的神色日渐消沉,就像太阳落山后那微弱的闪电,暗淡无光。

看着它这样,我就那么置之不理。妻子似乎也没有对它多加关怀。孩子们甚至更是忘记了它的存在。

一天夜里,它卧在孩子被褥的一角。不一会儿,它开始发出呻吟声,那声音就像自己捉的鱼被没收感到委屈时发出的那样。听到猫发出这样的声音,只有我一人觉得不对劲。孩子在熟睡着。妻子专心忙着做针线活。没多久,猫又呻吟起来,妻子这才放下了手中的针线。我便说:“这是怎么了,要是半夜咬了孩子的头，那可不得了啊。”“怎么可能。”妻子说着便又去缝汗衫的袖子了。猫就这样时不时地呻吟着。

第二天，它卧在火炉旁又是呻吟了一天。我去泡茶或拿烧水壶时看见它，总是觉得心里有些不是滋味。但是，到了夜里，我和妻子都忘了猫的事情。

猫其实就是在那晚死的。早上女佣去里面的杂物间去取柴火的时候，发现它倒在旧灶上面，都已经僵硬了。

妻子特意跑去看它，并且一改往日对它的冷淡，竟突然嚷嚷了起来。她托经常出入我家的车夫买来一块四方的墓碑，说让我写点什么。我在正面写了“猫之墓”，在背面写上了“九泉之下无雷鸣之夜”。车夫甚至问就这样埋掉是否妥当，还惹来女佣一顿奚落：“难道还要火葬不成？”

孩子们似乎也忽然间疼爱起猫来了。他们在墓碑的两侧放了一对玻璃瓶，里面插满了胡枝子的花。还用茶碗盛着水放在猫的墓前，并且每天都会更换花和水。

之后第三天的黄昏，我那即将满四岁的女儿——我是从书房的窗子看到这一幕的——独自来到猫的墓前，呆呆地盯着猫的墓碑看了一会，便用手里拿着的玩具汤勺，去舀供碗里的水喝。宁静的黄昏时分，那浸着飘落的胡枝子花的水珠，无数次地滋润了爱子的咽喉。

每逢猫的忌日，妻子定会盛一碗饭，饭上面铺着小片鲑鱼片和干鲣鱼片，供奉在猫的墓前。直到现在也未曾忘记过。只是如今，不再拿到院子里去了，变成放在餐厅橱柜上面了。

（习丹　杨晓钟　译）

蛇

当我拉开栅栏门来到马路上时，大大的马蹄印中已经积满了雨水。我脚踩在泥水中，每走一步都会发出“扑哧扑哧”的声响，脚踩下去拔也拔不出来，以至于我都不想抬脚迈步。由于我右手提着水桶，行走非常不便。为了调节上半身的平衡，我甚至每每想扔掉手里的水桶，好不容易才能站稳脚跟。终于，在我行将摔倒之际，我还是把水桶扑哧一声丢在淤泥里，扑倒在了水桶的把手上。这时，我抬头望去，看见叔叔正站在我前方两米左右的地方。他披着蓑衣，肩膀后面垂着一张三角形的网。只见他头戴的大斗笠稍稍动了一下，似乎说了句：“这路真糟糕！”便走进茫茫雨幕里。

立于石桥上向下俯视，只见黑黢黢的河水冲刷着水草向前翻滚而去。平日里，这条河的水位漫不过脚踝三寸，河底那长长的水藻轻轻摇曳，美丽动人。而眼下，河底淤泥上翻，河面雨滴拍打，一上一下地在水里形成连续不断的漩涡。叔叔紧盯着漩涡看了一会儿，低声说：

“捉得到。”

我们走过石桥向左转。河水打着旋在绿色的田野里蜿蜒而去，没人知道它将流向何方。叔叔和我顺着流水前行了大约100来米，在一片广阔的水田中站定。放眼望去，天地间白茫茫一片，只有我们两个孤独的身影和漫天的雨幕。叔叔从斗笠下看了眼头上的天空，乌云如同茶壶盖，将整个天空遮挡得暗淡无光，唯有密密麻麻的雨滴似断了线的珠子从空中落下。静立不动时，哗哗啦啦的雨声充斥耳际。这声音既有雨点拍打在蓑衣和斗笠上的“啪啪”声，也交织着雨点落在周围水田里的“咚咚”声，甚至雨水冲刷远处贵王森林①里的沙沙声也混合在一起。

森林上方，重重叠叠的乌云压在杉树树梢上，眼看着似将落入林中。

我回过神来，开始俯视脚下，发现漩涡从上游不停地冲将过来，并且流速突然间加快了许多。想必是贵王森林后面的池水也已接受了森林上方那厚重乌云的洗礼。叔叔再次紧盯着旋转的漩涡，信誓旦旦地说：

“捉得到。”

---

① 村里的一片森林，村民对其有敬畏之心。

过了片刻,叔叔穿着蓑衣下了水。河水虽急,但并不十分深,站着时只齐腰部。叔叔站在河的中央,面向贵王森林,将扛在肩上的渔网逆流撒在了河里。

哗哗啦啦的雨声中,叔叔和我屏气凝心地盯着汹涌而来的激流。我暗自揣测:“那漩涡下,从贵王池方向一定有鱼儿被河水冲过来,如果运气好的话,就能捉到大鱼。”

与先前相比,此刻的河水更加浑浊。虽说仅仅根据河面的动静,根本无法判断有什么东西游过河底,可我依然目不转睛地盯着叔叔没入水中的手腕,静静地等待着它突然收网。可是,手腕却一直没动。

雨势越发迅疾,河水翻卷着从上游蔓延过来,颜色也越来越深。就在那乌黑的急流快速穿过眼前时,似有某种东西一闪而过。匆匆一瞥,我便感觉那是个很长的东西,想必是条大鳗鱼。

叔叔逆流而立,紧握网柄的右手突然从蓑衣下猛地甩到了肩部。紧接着,只见那长物离开了他的手,在灰暗的雨幕中,如沉重的绳子般划出一道曲线,落在了对面的堤坝上。就在那瞬间,一条蛇怒气冲冲地从草丛中伸出长长的脖子,紧紧地盯着我们叔侄二人。

“你给我记着!”

随着吼声,那条蛇迅速消失在了草丛中。只见叔叔脸色铁青，愣愣地盯着蛇刚才被甩落的地方，一动不动。

“叔叔，‘你给我记着’那句话是你说的吗？”

叔叔这才转过身来，低声回答：“我不知道是谁说的。”

时至今日，每当我跟叔叔重提此事，他都一脸诡异地说他不知道那句话是谁说的。

（王宁　杨晓钟　译）

元旦

吃过年糕汤①,我便转身回了书房。过了一会儿,有三四个年轻人登门造访。其中一人穿着麦尔登呢②质地的长礼服,也许是穿不习惯的缘故,看起来颇有些不自然。其余几个人都身着平日穿的和服便装,样子一点儿也不像过年。

“呀——呀!”几个年轻人望着长礼服,接二连三地发出了惊叹之声。我也故意跟在最后吃惊地补了一声:“呀!”长礼服掏出白手帕,难为情地擦着脸,不停地喝起了屠苏酒③。同来的那几个也大吃大喝起来。

---

① 年糕汤:日本新年菜肴的一种。在放入肉、菜等的汤内再加入年糕。各地的年糕汤各具特色。

② 麦尔登呢:用精梳毛纱作经,粗梳毛纱作纬织成的平纹或斜纹织物。表面有平而齐的短毛绒,质地厚实紧密,多用来做冬季服装。

③ 屠苏酒:这里指日本新年祈求无病长寿的药酒。将药用植物配成的屠苏散浸泡在酒中而成。

这时候，虚子①坐人力车来了。他因循故制一身黑色的和式礼服，格外庄重。“你还有这么一身儿礼服，是为表演能乐②准备的吧？”我问道。虚子应声说：“嗯，是啊。”随后，他提议道：“咱唱一曲吧。”我回答说：“好啊，那我就献丑了。”

于是，我们两人唱起了《东北》③。这首谣曲我很久以前学唱过，但后来再未练习，许多唱词曲调已经记忆模糊了，因而不由得声音有些发虚。待我磕磕绊绊地唱完之后，几个年轻人立即指出我技逊于人。其中，长礼服说：“你的声音发飘哦。”我原以为这群家伙根本就不懂能乐，自然也听不出我和虚子的优劣。然而，从受到批评这一点来看，门外汉也一样能听出谁优谁劣。因此，我便没了勇气去反驳他们。

之后，虚子谈起了最近学鼓的事儿。对能乐一窍不通的几个年轻人恳请道：“打一段鼓吧！我们好想听听。”于是虚子拜托我再唱一段曲子。虽然我自己并不清楚击鼓伴奏是怎么一回事，觉得有些为难，却也因感到新奇而有了一些兴

---

① 虚子：即高滨虚子（1874—1959），日本俳人、小说家，师事正冈子规（夏目漱石的同学）。主办的《杜鹃》杂志曾收录漱石的多篇文章。

② 能乐：日本的一种舞台艺术，是最具有代表性的日本传统艺术形式之一。包括“能”与“狂言”两项。

③ 《东北》：能剧目之一，第三出剧，疑世阿弥所作，描写一云游僧正在东北院中观赏梅花，忽遇和泉式部之幽灵，向她询问古代爱慕梅花的事。

致。就这样,我便欣然答应了。

虚子让车夫去取鼓。鼓一到,他便让人从厨房里拿来了一个小炭炉,随后开始在烧得赤红的炭火上烘烤鼓皮。大家见此情景无不啧啧称奇。我对此极端的做法也倍感惊愕,连忙问道:“这样烤没事吗?”“嗯,没事的。”他一边说着一边用指尖弹了一下紧绷绷的鼓皮。随着一声美妙的鼓声,虚子说:“好了。”说罢,他从炭炉上将鼓取下,开始系鼓绳。着黑色礼服的他摆弄着红色的鼓绳,显得格外风流潇洒。大家也纷纷对此表示赞叹。

这时,虚子脱下外褂抱起了鼓,准备开始演奏。我赶忙叫住他,希望他能详细告诉我会在何处击鼓。于是,在哪儿发出几次吆喝声,在哪儿如何击鼓,虚子都耐心地逐一讲给我听。可是,我一下子根本吃不透,要想把握要领起码得两三个小时。无奈,我只好一知半解地应承着。随后,我唱起了《羽衣》①这一曲。“春雾缭绕……”刚唱了半句,我就开始后悔头儿起得不好,气势不足。可是此时如果曲中突然发力,又恐破坏整体的感觉,无奈之下,我压着嗓音,继续软绵绵地唱着。就在这时,虚子突然高声一嗓子吆喝,接着“咚”

---

① 《羽衣》:能乐剧目之一,第三出剧。作者不详。内容取材于羽衣的传说,描写了仙女在三保的松林向渔夫索要被取走的羽衣,并表演东游舞作为报答,最后升天而去。

地击了一下鼓。

万万没料到虚子会如此突然地来这么一下子。我原以为虚子的吆喝声会是柔和悠长的,不曾想那声音却如同角斗场上的嘶吼声一般,震耳欲聋。我的歌声也随着这一嗓子吆喝跑了调。好不容易平静下来刚找准了调,虚子又突然从旁侧丹田运气地"恫吓"一声。我的歌声在其声声威吓下变得飘忽不定,越来越小。过了一会儿,听曲儿的各位纷纷窃笑起来。就连我自己也认为有些滑稽可笑。这时候,长礼服忍不住第一个大笑了起来,随即,我自己也跟着一起笑出了声。

接着,众人对我的表现又是一番点评。其中,长礼服的批评尤为讽刺。一看这种情景,虚子只好笑呵呵地自己打着鼓自己唱,总算把这一曲终了。过了一会儿,虚子说还要去别的人家串门,便乘车离开了。随后,那几个年轻人对我又是一番取笑。就连妻子也和他们一起挖苦我,并对虚子敲鼓时长袖飘飘的样子大加赞赏,称其风韵别具。长礼服也立即附和赞同。

平心而论,虚子的衣衫袖儿的颜色也罢,那袖子随鼓而舞的样子也好,我是一点儿都没觉出有什么好来。

(何佳　曹珺红　译)

声

丰三郎搬到这里已经三天了。

第一天,直到黄昏时分他还在渐渐变得昏暗的屋子里收拾行李、整理书籍,忙得影子似的来回穿梭。之后,又去附近的澡堂泡了个澡,回来便倒头睡了。

第二天,放学回来后,他坐在书桌前想要看会儿书,可是或许因为突然换了环境,他竟完全静不下心来。满耳都是窗外不时传来的拉锯声。

丰三郎坐在原地,伸手推开了窗户,只见眼前有一位园艺工人正在奋力地修剪梧桐树的枝干。他扯动着锯子,毫无怜惜地从树干的分叉处将已经长得颇为粗壮的枝干锯掉。随着枝干纷纷落下,一个个被锯开的白色截面凸显了出来。辽阔的天空也仿佛一下子从远处聚到了窗前,显得格外开阔。丰三郎坐在桌前,双手托腮,漫不经心地仰望着梧桐树上方那秋日里的深邃晴空。

随着他把目光从梧桐树移向天空，一股强烈的热流涌上了心头。待心绪渐渐平静下来，那令人怀念的故乡的记忆便一点一点呈现出来。虽已遥远，却是历历在目，清晰如斯。

由村子向前二百多米，路的尽头处有一座坐落在山脚下的茅草顶大屋，这便是丰三郎的家。一匹马正在进门，马鞍的侧面扎着一簇菊花，伴着鸾铃声响，那匹马隐入白色墙壁的后面。日头高高照在屋顶，后山上茂密的松树林闪闪发光。此时正值采松茸的季节……坐在桌前的丰三郎似乎闻到了那刚采摘下来的松茸的香味，耳畔又闻母亲"丰儿，丰儿"的呼唤声。母亲的声音是那么遥远，却又那么清晰，仿佛就在耳畔。——其实早在五年前母亲已经去世。

丰三郎猛地回过神来，眨了几下眼睛。刚才看到的那些梧桐树枝干又映入了眼帘。那些伸出来的枝干被齐刷刷地锯了下来，根部留下的一个个疖子显得格外鲜活，看上去令人颇感不爽。丰三郎觉得自己突然又被拉回到现实、被按在了书桌前。透过梧桐树，可以看到围墙外有三四栋脏兮兮的房屋。屋子外面，露出棉絮的破旧被子毫无遮拦地暴晒在秋日的阳光下。被子旁边站着一位五十多岁的老婆婆，正抬头望着梧桐树顶。

老婆婆身上穿着一件已经看不清纹路的条纹和服，腰间系着一条细细的带子。她的头发很稀疏，用一把大梳子挽了起来。她一动不动地站在那里，透过梧桐树的枝叶，茫然地望着树顶。那是一张没有血色的脸，苍白中略带一些浮肿，浮肿的眼眶中露出一双细小的眼睛。强光下，老婆婆眯着眼正抬头望着丰三郎。丰三郎慌忙把目光移回到书桌上。

第三天，丰三郎去花店买了菊花回来。他本想买老家院子里开的那种菊花，但在花店里没有找到，无奈只好买了花店里有的那种，让花店老板用稻草扎好，拿回来就那样把菊花插入酒瓶状的花瓶中。之后，他又从行李箱底拿出一幅帆足万里①的字画，挂在了墙上。这幅字画是前些年回家时特意拿来装点房间用的。丰三郎坐在坐垫上，对着菊花和字画看了一阵子。

这时，窗外又传来“丰儿，丰儿”的呼唤声。从围墙外的旧房子那边传过来的声音无论是音调还是音色，都与故乡的慈母毫无二致。丰三郎迅即“哗啦”一声打开窗户，他又看到了昨天那位脸色苍白且有些浮肿的老婆婆。她站在那里，额头映着秋日的余晖，正对着一个十二三岁的男孩子招手。

听到了窗户响，老婆婆又像上次那样，抬起略微浮肿的眼皮，仰头望着丰三郎。

（郝晓静　曹珺红　译）

---

① 帆足万里（1778—1852）：日本江户时代后期的儒学家、理学家。

小偷

我准备就寝，便起身来到了隔壁房间。屋子里被炉的热气扑面而来。我上完厕所，提醒妻子被炉的火不要烧得太旺，随即便回到了自己的房间。这时已是夜里十一点多了。被窝里的美梦是一如既往地安稳。夜里虽冷却没有一丝风，就连望火楼上的吊钟①也不曾听闻。我睡得很沉，熟睡中仿佛连时间都静止了。

忽然，一阵女人的哭泣声惊醒了我。仔细一听，是女佣阿清的声音。这个阿清一受到什么惊吓就会哭起来。前几天，她给我的小孩洗澡，孩子因为晕堂抽搐，她吓得哭了半天。那是我第一次听到她如此与众不同的哭声。她一边啜泣一边不停地嘟囔，那声音似倾诉、似抱怨、似道歉、又似悲叹恋人的故去，与人们一般受惊时所发出的尖锐而又短促的

① 用于报信、报警等的小吊钟。顶端有龙头式挂环，吊在望火楼上，用木槌敲打。

声音截然不同。

我被阿清那异样的哭声惊醒。声音是从隔壁妻子的房间传来的。与此同时,我看到红色的火光透过拉门的缝隙照进了我黑黢黢的书房。一瞬间,我脑子里只有一个念头:“着火了!”我立即翻身跳将起来,“哗啦”一声拉开了妻子房间的拉门。

原以为眼前会是踢翻的暖炉、烧焦的被褥、着火的草垫、滚滚的浓烟,一片狼藉。没想到我看到的却如睡前一样,油灯和暖炉都规规矩矩地放在原地,妻子和孩子安睡着,一切都是那么平静,那么安详,那么温馨。唯有阿清在那里独自低声啜泣。

不知阿清是什么时候跑到妻子屋里来的,只见她正揪着妻子的被角,嘴里快速地念叨着什么。这时妻子也醒了,但她只是一脸茫然地眨巴着惺忪的睡眼,并没有要起来的意思。我完全不明就里,只好呆呆地站在门口环视屋内。忽然,阿清嘴里蹦出的“小偷”两个字,让我一下子明白了过来。我三步并作两步穿过妻子的房间,冲到隔壁房间,大声怒吼道:“是谁?!”房间里一片漆黑,只有旁边厨房里的一扇防雨窗打开着,一缕皎洁的月光从窗口射入。除此之外,我什么也没有发现。望着那夜半三更擅自照射着他人房间的月光,我不由得感到了一丝凉意。我光着脚走进厨房,来到水槽前，四周一片寂静。我举目向外望去，只有月光静静地笼罩着屋外的一切。那清冷的月色使我一步也不想踏出屋外。

我转身回到妻子的房间，对她说："放心吧，小偷跑了，家里什么也没丢。"妻子这时才起身，她二话没说，端着油灯走到阿清睡觉的那间屋子，举起油灯向漆黑的屋里一照——衣橱的柜门大开着，抽屉也被拉了出来。妻子看着我说："果然还是被偷了。"这时，我才意识到小偷是在偷过东西之后才离开的，刚才我竟然还说什么都没丢，真是蠢到家了。房间的地上还铺着阿清的被褥，枕头那边有一个衣橱，衣橱上的小橱柜里放着年末准备付给医生的药费、酬礼和其他一些贵重的东西。我急忙让妻子查看一下，她看完后说："里面的东西都在。"也许是阿清哭着往妻子房间跑时吓到了小偷，他还没来得及偷这些，就慌慌张张地逃跑了。

不一会儿，睡在其他屋子里的人也陆续起来了。大家七嘴八舌地讨论起来。有人说自己刚刚还起来上过厕所，也有人说自己今晚失眠，两点左右才睡着。但遗憾的是他们都没有注意到小偷的动静。而十岁的大女儿却说，她不仅清楚地知道小偷从厨房潜入，还听到小偷在走廊轻轻走动。跟她同屋的缨子听到这些后大吃一惊。缨子今年十八岁，是亲戚家的女儿，她跟大女儿同住一个屋，却什么都没听到。在大家七嘴八舌的讨论声中，我扭头回屋睡觉去了。

经晚上这么一折腾，第二天我比平时起得晚了一些。洗漱完吃饭时，阿清在厨房大惊小怪，一会儿说她发现了小偷的脚印，一会儿又说看错了。我觉得很烦，便起身回书房去了。大概十分钟之后，只听有人在门口喊道："有人在家吗？"那声音中气十足。我估计厨房那边没听到，于是便起身出来开门。只见一名巡警站在门外笑着说道："听说你家昨晚进小偷了？门窗有没有关好啊？"

"好像没有。"

"那就没办法了，不关好门窗，小偷当然会光顾了。"

他还提醒说："那些防雨窗得一扇一扇钉好！"

"是、是。"我随口应着。

听巡警这么一说，我觉得这事儿好像错不在小偷，而是该怪我这个粗心的主人！

随后，巡警又绕到厨房，正好妻子也在那儿，他便逮着妻子问个不停，并将丢失的东西一一记在笔记本上。他边记还边说着："一条素花缎的丸带①，丸带是什么？直接这样写就能明白吗？哦，是这样啊，那就写丢了一条素花缎的丸带，还丢了……"

阿清在一旁偷偷地笑这个连丸带都不知道的笨巡警。

---

① 丸带：日本宽幅的妇女和服腰带。

不久，十件失物都被巡警记在了本子上，而且下面都写着价格。

“一共150日元，对吧。”巡警确认完之后便离开了。

直到这时，我才知道家里一共丢了十样东西，而且全是腰带。看来昨晚的小偷真是个“腰带大盗”啊。只见妻子的表情甚是异样，因为眼看着就要过年了，没有腰带，正月的头三天，孩子们连和服也穿不成了。

下午，家里又来了个刑警。他一进屋就煞有介事地审视着家里的每样东西，连厨房里的小桶也不放过，那架势似乎是怀疑昨晚的小偷在桶里点上蜡烛作案了似的。寒暄几句后，我把他让到阳光明媚的客厅坐下，然后边喝茶边聊了起来。

我从刑警口中得知，这一带的小偷大都是晚上从下谷①、浅草②坐电车过来，第二天早上又坐车回去，几乎是抓不到的。因为即使是抓到了，吃亏的也是警察。带小偷回来，警察得给他们付车费，送他们上法庭还得给他们掏饭钱。上面批下来的经费，警视厅先拿走一半，剩下的才分发给各个警察。此外，整个牛込地区③也只有三四个警察。我以前

---

① 地区名。位于日本东京都台东区西部。
② 地区名。位于日本东京都台东区东部。
③ 现位于东京新宿区。

一直相信“有困难,找警察”这句话,但听这位这么一说,我心里顿时也没了底儿。因为那位巡警也是一副心里没底儿的样子。

本打算叫修理门窗的师傅来把防雨窗修一下,但不巧的是正逢年末,师傅忙得顾不上。这时天已经黑了,无奈之下,我只能把那扇防雨窗虚掩着,然后就回去睡了。大家都提心吊胆的,我自然也放心不下。因为白天警察的那番话仿佛是在宣告防贼防盗只能靠各家各户。

虽然心里不踏实,但转念一想,昨天刚被偷过,今天应该不会这么倒霉了吧。想到这儿,我也就放心地睡去了。谁料半夜里妻子突然把我叫醒,说道:“我听见厨房那边有响动,都响了好一阵儿了,不会又是小偷吧,你快去看看。”我仔细一听,那边确实有声响。

我悄悄起身,小心翼翼地穿过妻子的房间,来到拉门边。这时,从隔壁屋子传来了阿清的鼾声。我轻手轻脚地打开拉门走进去,独自一人站在漆黑的屋子里。突然那声音又响了起来,仔细一听是从厨房门口传来的。我如同影子一般,在这漆黑的屋子里无声无息地向发出声音的地方靠近。我蹑手蹑脚地来到房间门口,耳朵贴在拉门上,仔细听里面的动静。那声响时有时无。听了四五遍后,我确定那声音不是小偷,而是从房间左边的壁橱里传来的。我不再缩手缩脚,像平常一样地走回妻子的房间说："放心吧，不是小偷，大概是老鼠在咬什么东西。"妻子一听也放心了，于是我俩都安心地睡了。

第二天早晨，我同往常一样洗漱后，来到客厅吃饭，妻子把昨晚被老鼠咬坏的鲣鱼干拿到饭桌前说："昨晚就是这个被咬了。"我一边看着那被老鼠咬得乱七八糟的鲣鱼干，一边应着："哦，是这样呀。"这时妻子冲我抱怨起来："昨晚你要是把老鼠赶走，鲣鱼干也不至于这样。"

这时，我才意识到昨晚自己确实应该那样做。

（高翔　杨晓钟　译）

一幅古画

大刀老人决定在亡妻的三周年忌日前为她立一块墓碑。然而,儿子的收入微薄,维持日常的开销已然不易,何谈存钱!就这样,一年又过去了。

这天,老人犹豫许久后,对儿子说:“眼看三月八日就是你母亲的忌日了……”儿子听罢却只答道:“噢,对啊。”便再也不吱声了。老人见状,遂下决心将祖传的一幅古画变卖,来为亡妻立碑。可是,他与儿子商量此事,儿子还是漠不关心地说了句:“你想怎么办就怎么办吧。”

老人的儿子在内务省①的社寺局②上班,每月只有四十日元的收入,除了要养活妻子和两个孩子外,还要赡养大刀

---

① 内务省:又称中务省,日本的行政机构之一,1873年11月10日设立,1947年12月31日废除。

② 社寺局:日本内务省八局之一,主要负责神道教的日常事务,以及祭祀、礼仪等教务。

老人，生活过得很拮据。如果不是老人在世的话，这幅珍贵的古画也许早就被拿去变现了。

老人的这幅古画丝绢质地，约一尺见方，因年代已久，绢布早已发黄。把它挂在昏暗的客厅里，甚至都看不出画的是什么。老人自称这是王若水①画的葵。每个月总有那么一两次，老人会从壁橱里拿出装有这幅古画的桐木箱子，掸掉上面的灰尘，然后小心翼翼地取出画，挂在自家低矮的墙壁上细细玩味。仔细端详，发黄的绢布上隐约呈现出一个旧血渍般的大大的图案，绿色颜料剥落后的痕迹也会映入眼帘。每当老人欣赏这幅图案模糊的中国古画时，总会不禁陶醉其中，几乎忘记了时间的流逝。这时，他会吸上一口烟，或者喝口茶，或者什么都不干只是盯着画。

“爷爷，这是什么东西呀”，小孙子说着走过来，想用手去摸画。老人这才回过神来，赶忙说道：“这可碰不得啊。”便立马将画卷起来。孩子们又缠着他嚷嚷道：“爷爷，爷爷，我们要吃糖。”“好好好，我这就去买，你们可不要乱动东西啊。”他将画放回桐木箱内，然后再收进壁橱中，这才出门散步去了。回来时，他顺道去了镇上的糖果店，给孙子们买回两袋薄荷味的糖果。他儿子结婚较晚，有两个孩子，一个六岁，一个才

① 王若水：中国古代元朝画家。

四岁。

与儿子商量后的第二天，老人带着用包袱裹着的桐木箱子，早早出门了。可是，到了下午四点左右，他又带着箱子回来了。孩子们等在门口问他要糖吃，他什么也没说，默默地进了屋，从箱子中拿出画，挂在墙上，呆呆地一直盯着那幅画。原来他带着这幅画走了四五家古董店，可店家总以没有落款或者画有些褪色等理由挑他的画，都没有给出个好价钱。

儿子劝他不要再去古董店了，他自己也这么想。大约两周后，他又抱着箱子出去了，这次是经介绍带着画去了儿子科长的朋友那里，回来时还是没给孙子买糖果。儿子一回来，老人便质问道："你怎么给我介绍了个那么不识货的，他那里的东西都是赝品。"那语气仿佛在责怪儿子也一样不地道似的。儿子无奈，只是苦笑了一下。

二月初，一次偶然的机会，老人终于遇到了一个懂画之人，将画卖给了他。卖了画之后，老人直接去谷中①给亡妻定做了一块气派的墓碑，之后又把剩下的钱存入了邮局。

大约五天后，他像往常一样出去散步，回来时却比平时晚了两个小时，手里还抱着两大袋糖果。他因为记挂着那幅

① 谷中：日本位于东京都台东区，上野公园的西北地区，有很多寺院和墓地。

卖掉的画，又去买主那里看了一下。那幅画静静地高挂于买家茶室①的墙上，画的前面还摆放着晶莹剔透般的腊梅插花。老人说他在那里还受到了款待。

回来后，他对儿子说："画放人家那里，也许更让我放心。"儿子答道："也许，是吧。"

之后的三天里，孩子们每天都有糖果吃。

（折花花　曹珺红　译）

① 茶室：日本独特的建筑样式，有四张榻榻米大小，相当于7.29平方米。

《蒙娜丽莎》

每逢周日，井深便会围上围脖、两手揣怀里去旧货店转悠。在这些卖旧家什玩意儿的店铺中，他尤其喜欢去那些堆满了污糟不堪、上了年代的旧货的商店，会进去挨个儿摆弄个遍。他原本就不是此行中人，也看不出什么名堂，但他有那么点小心思："那看起来有意思又便宜的东西，我隔三差五买回去几个，说不准一年真能碰上一件值钱的好东西呢。"

一个月前，井深花十五钱买了个铸铁壶盖儿，拿回家做了镇纸；上个周末，他花二十五钱①买回去的刀锷也做了镇尺用。今天他的目标是想瞅个稍微大点儿的、显眼一点的东西，像挂轴、匾额一类能挂在书房做装饰用。环顾四周，他发现墙边横躺着一幅落满了灰尘的画儿，那是一幅彩色画像，画的是一个西洋女人。画像前面放着一架年代久远、槽口磨

---

① 钱：货币单位，1 日元 = 100 钱，明治二十七—四十四年间（1895—1912），日本公务员平均工资约为 50—55 日元。

损了的辘轳，辘轳上面还立着一个不明就里的花瓶，瓶中插着一管黄色的尺八，尺八的歌口挡住了井深看画的视线。

这幅西洋画与这家古董店的氛围很不协调。然而细看那画像历经了时空洗礼、带有深深时代印记的昏暗的颜色，又觉得它存放于此处再合适不过了。井深认定它值不了几个钱，不曾想一问却要一日元，井深觉得太贵了，有些犹豫要不要买。不过，装裱的玻璃也完好，画框也还结实，和店老板一番讨价还价后，最终井深还是花八十钱买下了这幅画。

就这样，井深在一个寒冷冬日的傍晚抱着这幅半身画像回家去了。走进此时已有些昏暗的房间，井深便迅速拆了包装，将画像立到墙边，仔细端详起来。这时，妻子端着一盏油灯走进屋来，井深又让妻子用灯照着，再一次细细品味起这幅自己用八十钱买回来的画像。色彩古朴偏黑的整个画像中唯有人像的脸部微微泛黄，想必是有些年头了。井深扭过头问妻子觉得怎样。妻子将油灯稍稍举高了一点，凝视着那泛黄的女人，良久也未吱声。过了许久才说了一句："好诡异的表情！"井深笑了笑回答道："我可是花了八十钱呢！"

晚饭后，井深踩着凳子在楣窗上方钉了颗钉子，将买来的画挂了上去。妻子阻止他说："这女人的面相好生奇怪，看着她总有一种异样的感觉，还是别挂了。"井深对妻子的屡次劝阻置之不理，只是回答说："哪有的事儿，那是你的心理作用。”

妻子转身离开书房去了茶室，井深也开始伏案查阅起了资料。不到十分钟，他便忍不住搁下笔，抬头眺望起那幅画来。画中泛黄的女人微笑着，薄薄的嘴唇，嘴角微微上翘，上翘处浅浅的凹进去一点，画家利用光线让她看上去似欲启朱唇，又似故翕双唇。井深目不转睛地盯着那女人的嘴角，不知何故，心头突然有一种难以名状的感觉……于是他迅速将视线移回桌面。

井深手头的工作名曰查资料，其实多半是在抄录。因为无须集中精力，所以，隔了不大一会儿，他又不自觉地抬起头去看那幅画。井深依旧觉得画中那女人的嘴角处颇有蹊跷。她表情沉稳，一双单眼皮的眼睛，目光淡定地投向房间……井深赶忙再次将目光收回到书桌。

就这样，那一晚井深对着画儿看了一遍又一遍，慢慢地开始觉得妻子的说法是对的。次日，井深一脸平静、像往常一样去官署上班。下午四点回到家，他发现那幅画被平放在了桌子上。原来晌午刚过，那幅画突然从楣窗上掉了下来，玻璃也碎了一地。井深将画儿翻过来一看，发现画框后面昨晚挂画儿时穿绳子的环儿莫名其妙地掉了。井深顺手拆开画框查看，在画的背板下发现了一份四折的信，那是一张西式纸张，上面用墨水写了这样一段奇妙的文字：

"蒙娜丽莎之唇暗藏女性的秘密。自古以来唯达·芬奇一人能状画此谜,却未有一人能解其谜。"

第二天,井深到官署问同事:"你们有谁知道蒙娜丽莎是谁吗?"大家纷纷摇头。"那达·芬奇呢?"还是无人知晓。

最终,井深听从了妻子的建议,将这幅不吉利的画以五钱价格当废品卖了。

(魏丽君　杨晓钟　译)

昔

皮特洛赫里山谷秋色正浓，在十月阳光的照耀下，这里层林尽染，山野红遍，满目流金。人们日出而作，日落而息，在秋韵中迎来了一天又一天。十月的斜阳包裹着寂静山谷的空气，既不会即刻西沉，也不往山那边游走，纹丝不动地笼罩在无风的村落上面。渐渐地，正如酸涩的果实不知不觉已经变得甘甜一般，原野和树林也变换着妆容，整个山谷历经岁月流转，刻下了时代的痕迹。这个时候，皮特洛赫里山谷就仿佛回到了一二百年前，变得安宁，静谧。人们扬起一张张深谙世事的脸庞，望着掠过山脊的云朵。那云儿时而洁白，时而暗灰，偶尔还能透过稀薄的云端瞥见群山的肌肤。不论何时，它们仿佛都散发着沧桑古意。

我住的地方在一座小山丘上，既能欣赏到白云，也能俯览到山谷。房子南墙日照充足，或许是因为多年以来都被十月阳光照射的缘故，枯灰的墙壁西端竟爬着一株蔷薇，几朵花儿盛开在冰冷的墙壁和温暖的阳光之间，硕大的淡黄色花苞张开了花口，花瓣静静地从花萼中一圈圈舒展开来。淡淡的阳光稀释了花香，这花香便消失在空气里。我伫立在距离她约四米的地方，抬头仰望，蔷薇高高地向上攀爬，灰色的墙壁笔直地矗立着，支撑起蔷薇的藤蔓，直到她够不到的地方。屋顶尽头是座"塔"，阳光透过"塔顶"的云霭照射下来。

脚下是沉入皮特洛赫里山谷的丘岗，一眼望去，小丘尽头隐没在地平线里。对面山坡上，白桦树林层层叠叠，金黄醉人，染尽秋色。一坡深浓，一坡浅淡，交错有致。在这明亮而寂静的山谷中间，一条混合着泥炭的溪流宛如黑色的带子蜿蜒开来，那古朴的颜色像是溶入了染色粉。这种颜色的溪流是我来到这里之前从未见到过的。

这时，主人狄克逊来到了我的背后。十月的阳光下，他的胡须花白一片。狄克逊的打扮也别具一格：他穿着一条齐膝长短的苏格兰褶裙，如同马车上盖在膝部的围毯一般的粗条纹布质地，筒形的裙子上面有竖褶。小腿上只套着一双粗大的毛线袜。走路的时候，大腿处的肌肤若隐若现，这是不会因露出肌肤而感到难为情的旧式裤裙。

狄克逊腰前挂着一个木鱼大小的皮袋子，平日里，他时常坐到暖炉旁，一边望着嗞嗞作响的燃烧中的煤炭，一边从"木鱼"中拿出烟斗和烟丝，"吧嗒吧嗒"地吞云吐雾到半夜。

我和狄克逊一道走下山崖,踏上了一条幽暗的小径。云彩挂在“欧洲赤松”那宛如海带丝般细细的叶子上难以拂去。黑褐色的树干上,一只松鼠摇摆着又长又肥的大尾巴“哧溜哧溜”地往上蹿。还没等我反应过来,只见另一只松鼠甩着大尾巴像拂尘一样擦着青黑色的苔藓风驰电掣般跑过,随即消失在了暗处。而那片厚实的苔藓却纹丝没动。

乌黑的河流依旧流淌在山谷中间,狄克逊转过头来,指着皮特洛赫里明亮的山谷说道:“据说河流往北近六公里处就是基利克兰克山山谷。”

高地人和低地人在基利克兰克山谷决战的时候,山谷中堆满了士兵的尸体,甚至阻塞了水流。

我决定明天一早去寻访古战场。

从山崖归来,两三片美丽的蔷薇花瓣散落脚下。

(康小云　杨晓钟　译)

下宿

我第一次寄宿选择的是伦敦北部的一所公寓。因为对那里的一栋红瓦二层小洋楼情有独钟，于是我便以每周两英镑的较高租金，租了一间阴面的房间。据房东主妇介绍，朝阳的那间租给了一位 K 先生，眼下他正在苏格兰考察，暂时不会回来。

房东主妇的长相令人印象深刻：深眼窝、塌鼻梁、高颧骨、尖下巴。稍一打量，就会发现她与普通女性不同，从外表上甚至都无法判断出她的性别和大致年龄。在我看来，可能是因为她性格暴躁、乖戾、固执、倔强、多疑等缺点，造就了她如此“不同凡响”的面相吧。

与大多数英国人不同，主妇有着乌黑的头发和双眸。然而，在语言方面却和普通的英国人没有丝毫的差别。刚搬来的那天，她邀我喝茶，下楼后我才发现家中只有主妇一人。那是一间朝北的小饭厅，我四下打量了一番，发现昏暗的房间中仿佛阳光从未照进来过，壁炉台上孤零零地摆放着一盆水仙。我和主妇相向而坐，她边招呼我喝茶吃面包，边跟我聊着家常。不知是因为提到了什么，主妇告诉我实际上她出生在法国而并非英国。说到这儿，她回过头去一边注视着插在玻璃瓶中的水仙，一边向我抱怨起了英国阴冷潮湿的天气，似乎是想告诉我，就连花儿也没有法国的好看。

我不禁将这盆毫无生气的水仙，和主妇那消瘦苍白的脸颊做了一番对比。联想到这两者如果处在遥远的法国，应该将是另一番情景吧。在主妇那黑发黑眸之下，故乡春日温暖的气息早已逝去，留下的大概只有苍白的回忆。我问她会说法语吗？她似乎想说不会，但一开口，两三句流利的法语便脱口而出，很难想象，她那枯瘦的喉咙里竟能发出如此柔美的声音。

那天晚饭时，餐桌前多了一位秃顶白须的老人。主妇向我介绍说这是她的父亲。这时，我意识到他才是这家的主人。老人说话的语调很奇特，一听就知道他不是英国人。我暗自思忖，这对父女一定是渡过海峡，最终在伦敦定居了下来。还没等我问，老人就主动告诉我说自己是德国人。这多少有些出乎我的意料，我只回了声："哦，是吗？"

饭后，我回到自己的房间，本打算看会儿书，可楼下的那对父女却一直让我定不下心来。老人和他那瘦骨嶙峋的女儿没有丝毫的相像之处。他双颊鼓胀，一双细小的眼睛，蒜头一样的鼻子随意地嵌在脸上，和南非的克留格尔总统长得尤为相像。有一副难称悦目的容貌。他对待女儿的态度蛮横，虽然牙齿不全，说话含糊不清，却总能让人感到语气的粗暴。而女儿在面对着父亲时，原本就凶巴巴的长相也显得愈加凶恶，怎么看他们都不像是一对普通的父女。想着想着，我便睡着了。

第二天下楼吃早饭时，我发现除了昨晚的那对父女，桌上又多了一个人。他看上去四十岁左右，面色红润，和蔼可亲。我在饭厅门口遇到他的那一刹那，才第一次在这里仿佛感到了些许生机。“这是我的哥哥。”主妇向我介绍道。如我所料，这个人果然不是她的丈夫。虽说是兄妹，但两人的长相却又大不相同，让人难以置信。

天气阴沉的一天，我在外面吃完午饭，三点过后回到了住处。没过多久，主妇便过来邀我下楼喝茶。我推开饭厅的门，发现昏暗的房间中只有主妇一人，此时她已经摆好了茶具，坐在火炉旁边等候了。因为生着火炉的缘故，屋内顿时明亮了几分。火炉刚点着没多久，借着微弱的火光，我发现主妇的脸上有了些许的血色，并且还涂了些香粉。此时，我站在门口已经深切地体会到了主妇独自一人化妆时心中的那份寂寥与孤独。主妇也仿佛看穿了我的心思。也就是在这天，她向我讲述了他们家的故事。

二十五年前，主妇的母亲嫁给了一位法国人，生下了她。可是没过几年，主妇的父亲就去世了，母亲便带着她改嫁给了一位德国人。这个德国人就是昨晚的那位老人。他在伦敦西区经营着一家裁缝店，每天都到那里去上班。他与前妻生的儿子也在店里帮忙，然而他们父子关系十分紧张，即使同住在一个屋檐下，两人也从不说话。儿子每天都很晚才回来，总是先在门口脱掉鞋子，蹑手蹑脚地偷偷穿过走廊回到自己的房间去休息。主妇的母亲很久之前就去世了，去世前她曾向丈夫反复叮嘱过要照顾好自己的女儿。后来，母亲全部的财产都由她这位继父接管了，而她连一分钱也不能随意使用。出于无奈，主妇才出租了部分房间以赚取零用钱。

“而阿古尼斯呢……”刚说到这里，阿古尼斯抱着烤面包从厨房里走了出来。于是，主妇便停了下来。阿古尼斯是一个十三四岁的小女孩，在这家帮忙干活。在我看来，阿古尼斯与我今天早上看到的那个男人，长得有些相像。

“阿古尼斯，你要吃烤面包吗?”主妇问道。

阿古尼斯没说话，拿了一片面包便又退回了厨房。

一个月之后，我搬离了这家公寓。

（侯春玲　曹珺红　译）

过去的味道

我搬离原公寓的两周前，K 君从苏格兰归来。经过公寓女主人的介绍，我结识了 K 君。

如今回想起来，仍觉得我们二人的相遇过程极其“奇妙”：身在异乡的两个日本人，在伦敦市区的一所小公寓里偶然相遇，然而双方并非通过自我介绍相识，而是经过一个对我们的身份、地位、秉性、经历一无所知的外国妇人的介绍，才相识了……

记得那时这位妇人身着黑色衣装，伸出她那骨瘦如柴的手指向我说：“K 君，这是 N 君。”话音未落，又把另一只手伸向 K 君，“N 君，这是 K 君”。就这样，她用完全相同的、简洁的话语把我们介绍给了对方。那妇人当时的态度既严肃又庄重，令我为之惊诧不已。K 君与我相对而立，脸上露出了微笑，浅浅的皱纹爬上眼角。而我却怎么也笑不出来，就像在参加由幽灵主持的婚礼一般，心中的寂寥之感无法言喻。

门外那妇人的脚步声渐渐远去,使气氛显得愈加诡异。我甚至觉得那妇人的黑色身影会带走所到之处原有的生机,使其迅即成为废弃的遗迹;人如果一不小心触碰到她的身体,仿佛也会随即变成冷血……

那妇人离开后,我和K君便很快熟络起来。K君的房间很是奢华:地上铺着漂亮的地毯,窗边挂着白纺绸窗帘,屋内摆放着高档的安乐椅、摇椅,里面还带一间小卧室。最令我欣喜的却是他的房间里有个永不熄灭的取暖炭炉和那极尽奢华地燃烧着的熊熊火焰。

此后,我便成了K君家的常客。我们一起品茶,中午时常一起去附近的餐厅就餐,每次都是K君为我买单。据说K君是来实地考察港口的,钱袋相当充盈。他在屋里时,通常穿着绛紫色缎底花鸟刺绣睡衣,小日子相当舒适。而我呢,却还穿着从日本来时的衣服,脏兮兮的,很不体面。K君也觉得我的穿着过于寒碜,为此,还特意借钱给我,让我去置办新衣。

在那两周中,K君与我无话不谈,当他说道组建庆应内阁这件事时(所谓庆应内阁,即由庆应年间出生的人组成的内阁),曾问起我生于何年?得知我生于庆应三年时,K君便调侃道:“你也有机会啊。”我依稀记得K君生于庆应元年或庆应二年,也就是说,我如果再晚出生一两年,就没有机会和

K 君一起参政议政了。

我们如此这般一起谈笑时，也常会谈及楼下的房东一家。每当这时，K 君总是蹙眉摇头。他常说，在这一家之中，那个叫阿古尼斯的小女人最可怜。早上，阿古尼斯会送烧炭到 K 君的房间，下午又会送来奶茶、黄油和面包。她通常像微风一般，轻轻而来，悄声而去。除了每次都会用她那镶嵌在苍白面庞上的温润的大眼睛致以问候之外，不曾发出任何声响。

有一天，我告诉 K 君觉得住在这里不自在，想搬出去。K 君赞同了我的想法，说自己因考察而东奔西走，住哪里都无所谓，建议我找一个舒适的地方安顿下来，好好学习。那时 K 君因要前往地中海的对岸，正在准备行装。

当我要搬出公寓时，那妇人恳求我留下，甚至说可以降低房租，K 君外出期间，他的那个房间归我使用……但我毅然决然地搬到了伦敦的南面。此时的 K 君也去了远方。

之后过了两三个月，我突然收到了一封 K 君的来信，他说他已考察归来，这段时间都会待在英国，让我去聚一聚。我本想马上就过去，可是由于诸多事情，一直没找到合适的机会。过了大约一周左右，我因事要去伊斯林顿，返回时顺道去了 K 君的住所。

站在曾经住过的公寓前，透过二楼窗户的玻璃，依然可以看到那被拉开的纺绸窗帘。我畅想着屋内暖暖的火炉、绛紫色缎底刺绣睡衣、安乐椅以及 K 君兴高采烈地讲述旅途见闻的模样……我激动地来到门前，“咚咚咚”地敲起了门，但却听不到门内有任何动静。我想可能房东没听到吧，便伸手又要敲门，就在这个时候，门自己开了。我跨过门槛进入屋内，撞见了带着一脸歉意、正盯着我看的阿古尼斯。这时，被我遗忘了三个多月的原公寓的味道，像一道闪电，击中了站在狭窄走廊上的我，刺激了所有的嗅觉细胞，一瞬间回忆都苏醒了。而在那味道之中，包含着围绕在他们一家四口之间的所有秘密。当我嗅到这种味道时，我坚信他们的情意、动作、言语、神情，统统带有浓郁的黑色地狱的色彩，以至于我不想在此停留片刻，不忍再到二楼与 K 君相见。

（曹函　杨晓钟　译）

长谷川君和我

长谷川君和我，彼此只是知道对方的姓名，并无什么往来。记得入职之初，我甚至都不知道长谷川君那时已是我们朝日新闻社的职员。至于后来是什么机缘知晓此事的，如今已经印象全无。总之，我入职后许久并未与他晤面。

那时，长谷川君的家在西片町（东京都文京区），我当时也住在阿部宅邸内，从住所来看，可谓是近在咫尺。按说我拿着名片去拜访他实属常理，可我却偷闲躲静，一直未去探访。

不久，在大阪工作的鸟居君来访，报社的主笔池边君在有乐町的俱乐部宴请了我们十几个人。身为一名新人，那是我初次和报社的重要人物共餐，其中就包括了长谷川君。当有人给我介绍“这位是长谷川君”时，我强掩饰住内心的惊讶和他打了招呼。我的惊讶源于他与我先前所想象的长谷川君相去甚远。起初看见长谷川君进来时的样子，听到长谷川君和其他同事亲昵地互相打招呼时的语调,我只是认为这应该是一位很重要的职员,浑然不觉那便是长谷川君。我自年轻时就耽于种种想象,但对陌生人的容貌、态度等的想象却鲜少为之。及至中年,对之更是漠不关心。对于长谷川君,我也未曾做过什么特别鲜明的预想,然而冥冥之中,我的脑海里竟描绘有长谷川君的形象,故而乍见到长谷川君时就忍不住地"哦"出声来。话虽如此,若剖析这种讶异,则尽是些消极因素。我没想到他是身材如此魁梧、骨骼如此结实、肩膀如此宽厚的人,也没想到他的下颚是方形的。奈何他的身形怎么看都是四方四正的,甚至连脑袋也不例外,至今想起来仍不免觉得诧异。虽然当时我尚未曾读过《面影》,但我无论如何也无法想象,现实中这样的他竟能写出如此香艳的小说!说他魁伟虽稍显夸张,但总归是与魁伟二字相近的,怎么看也不像手握一杆细笔,坐在桌前呻吟的人。所以,着实令我大吃了一惊。但更使我吃惊的是长谷川君的语调。坦白讲,我认为有点浮漂。但不得不承认他的语调沉稳而舒缓、从容不迫。当同事把他介绍给我的时候,他只是简单地寒暄了几句。(当然,事实上我同样也只是回应了一两句。)他具体说了什么内容如今我已全然忘却,不过的确不是惯常的空洞言辞。我们彼此只是淡漠地互相问候了对方。我不清楚自己给对方的印象如何,只是惊讶于对方的模样。如果基于我们都是文人墨客，互相恭维对方难免见罪于其他诸君。但即便如此，我也并没想草草结束与长谷川君的对话，这一切的发生都是在我的预料之外。

在当天的聚餐中，我并未得到与长谷川君交谈的机会，只是默默地听着他在说。当时我感觉他是一位有品位、很绅士的男人。既不像文学家，也非新闻工作者，更不是政治家或军人，而是俨然超脱于所有职业的一位有品位的绅士。他身上散发出来的气息让人感受到了社交的愉悦。他的这种品位，不单单是门第等级制度下贵族气质的产物，更是一半来自性情，一半来自修养。在他的那种修养中，并无自制或克己等这些所谓沿袭汉学家们强制矫正自我的痕迹。我认定他的修养部分是他的学问自然形成，还有部分来自和学问相对的方面，即俗话所说的历经苦难后的超凡脱俗，脱离世俗后又安于世俗。

席间，长谷川君和池边君谈起了俄罗斯的政党问题。长谷川君似乎对这个话题饶有兴致，可谓是滔滔不绝。虽说能言善辩这个词听上去有些不雅，但从他们谈论的时间来看，只能用这个词来形容他了。且不论长谷川君对俄罗斯政党知识掌握的详细程度，单单就他熟知议会中出席者的入座位置，以及口中时不时蹦出的各种“某某斯基”等拗口难辨的名字，就能让人佩服得五体投地，仿佛他昨日刚刚亲临其境。

最令人不可思议的是，这一切都显得是那么的自然，丝毫没有故弄玄虚、卖弄显摆的成分。我原本就是一个不关心政党政治的人，一个甚至被朋友笑话连当今众议院议长是谁都不知晓的人，自然对这种交谈兴味索然。于是，在漫长的谈话中途我便离场回家了。这便是我和长谷川君初次谋面。

数日后，我因事去了趟报社。爬上脏兮兮的楼梯，推开编辑部的门，我看到四五个人正围着北边靠窗的桌子在说着什么。在推开门的瞬间，我便认出了其他几人，只有一人，身着灰色西服，长大的身躯露出椅背，背对着我坐在那里，我一时间没能分辨出来。待我转到侧面去看，原来是长谷川君。“能否指教一二……”我向他问道。“哦，低气压期间谢绝来客！”我话音未落他便撂下这么一句。低气压是什么呢，不了解他生活规律的我一时摸不着头脑。但“谢绝来客”四个字却语义清晰，于是我便没有再问。我当时想当然地自解为，他是将状态不佳打趣说成低气压。后来一打听才知道他讲的是低气压（气象术语）的本意，低气压期间，他的头疼之疾就会如影随形地纠缠着他。当时我也同他较量，挂出了“谢绝来客”的牌子。不过我的确是遭受了创作上的低气压。但从表面上看起来，我们双方的“谢绝来客”并无不同。因此，对于两个既非至交又找不到必须卸下牌子缘由的我们，以后便也再无交谈。

我依稀记得那是炎热的夏季。一日午后，我去浴池洗澡。当我脱了衣服正要冲洗，不经意间瞥见对面洗澡人的侧脸，原来是长谷川君。我招呼他道，“长谷川君！”他似乎一直没有注意到我，这时抬起头来“噢”了一声。入浴中我们没再多言语。我浴后擦干身体，来到铺有凉席的走廊上手摇扇子纳凉。不久，长谷川君也走了过来。他戴上眼镜，与我攀谈起来。记忆当中我们两人当时都赤裸着身体。然而，长谷川君如同初次见面谈论俄罗斯政党时一样，依然用他那特有的低沉、舒缓的语调，不厌其烦地诉说着他的头痛，毫不在意我们彼此都赤裸着身体。他说他去年有一次突然跌倒，在田边（东京都北区地名）休养了许久，如今恢复得好多了。我半开玩笑地问道，“那还得谢绝来客吧？”他回答道，“呀……”我说了句“那么，我暂时就不去拜访了”便与他别过。

是年秋天，我从西片町搬到了早稻田。由于迁居，我与长谷川君愈加疏远了。我买了他的小说《面影》，拜读之后很是钦佩。（从某种意义上说，至今仍感佩服。很遗憾，本文并非文学评论，所以在这里我就不能解释为什么是“从某种意义上说”了。）于是，我写了封信从早稻田寄到了西片町，聊表我的赞美之意。他饱受头疼之苦，很是可怜，所以我自作多情地认为我的赞美之辞能给他些许慰藉吧。我做梦也没想到他并不以文学家自居，身为他的同行同事，我这样自我陶醉的做法或许真是多此一举。

长谷川君回寄了我一张明信片，上书“谢谢，改日当面致谢”等寥寥数语。我很吃惊，他写明信片时的文笔简单、淡漠，竟然丝毫不似《面影》的风格。也是从那个时候开始，我才了解了长谷川君的文笔之风韵，但那绝非《面影》的风格。

之后，我们又好久没有来往。再次相见，他去俄罗斯的事已基本确定下来。鸟居君从大阪赶来，约长谷川君和我共进午餐，地点是神田川。我记得，在旅馆会合后，我们正讨论在这儿吃还是在哪儿吃时，长谷川君却不停地提出吃什么的问题。当时他还问我，中华亭这三个字怎么写？在神田川吃饭时，他谈了很多事情，去满洲旅行的事，被俄罗斯人抓入牢中的事……接着，长谷川君又谈起了现如今风云变幻的俄罗斯文坛动向，说到了许多知名文学家的名姓（他谈及的很多人名，我都不曾听过），也提到了日本的小说不畅销，去俄罗斯后，他希望能把日本人的短篇小说译成俄语等。我们三个人躺着，共同度过了两三个小时，借此机会畅谈了一番。末了，他说想宴请丹钦科（俄国戏剧导演，剧作家，戏剧教育家），让我们作陪。他还说他不在时，让我替他照顾他在物集的女儿。然后我们便分别了。

与长谷川君最后一次相见，是在他出发赴俄之前来辞行的那天。这是长谷川君初次来我家，也是最后一次。他走进客厅，环视四周，说了句“感觉像个寺院”。因特地为辞行而来，他便也没有多说什么。只是反复拜托我，要将他在物集的女儿当作是自己学生一般照顾，此外还需要我照顾一个当时只身居住在北国之人。

隔日，我去回礼时，他不在家，我们未能相见，最终我也未能去为他送行。后来，我与长谷川君便再也没有见过了。他驻留莫斯科时仅给我寄过一张明信片，上面写着难抵彼处的严寒。我看了那张明信片，同情之余不免觉得奇怪。在我看来无论如何也不至于冷到冻死人的田地，然而他似乎认为这是真的。长谷川君终究还是去世了。在我们互不熟识的情形下便离去了。即便他活着，也许我们就只有那些许交集，抑或说不定我们会有更亲密的交往。我只能把我所叙述的长谷川君作为真正的长谷君来怀念、当作关系疏远的朋友来记忆。我时常看望长谷川君在物集的女儿，至于那位身居北国之人，则杳无音信。

（刘亚杰　杨晓钟　译）

火盆

我一觉醒来,发现昨晚抱着入睡的怀炉已经冷却了。透过玻璃窗向外张望,灰暗的天空如铅般沉重。胃已经不那么疼了。我一骨碌爬了起来,结果外面比想象中的还要冷。只见窗户底下,昨日积雪依旧。

浴室已经结冰,硬邦邦的泛着冰冷的光。自来水管冻得严严实实,扭都扭不开。最后,好不容易才用温水解冻,在茶室泡了杯红茶。这时,我那将满两岁的儿子又开始哭闹了起来。这孩子前天哭了整整一天,昨天也是接着不停地哭。我问妻子他怎么了,妻子回答说也没什么,就是太冷了。那就没办法了。难怪他哭得抽抽搭搭,既不像因为疼痛,也不像出于难受。但他既然哭了,想必还是有一些不对劲的地方。我这一问,结果连自己都开始变得担心起来,有时也会生起气来。虽然我也想大声训斥他,但不管怎么说,他终究年纪太小,想到这点我也只得忍耐着。前天如此,昨天亦是。一想到今天或许也会这样，所以一大早开始心情就不好了。因为胃疼，我决定最近都不吃早饭，于是便端着茶杯直接去了书房。

我把手放在火盆上取暖，稍微暖和一点时，孩子仍然在那边哭泣。过了一会儿，我感到只有手掌热得快要冒烟，但是，后背和肩膀还非常地冷，特别是脚尖，早已经冻僵，一阵阵地刺痛。万般无奈之下，我只好一动不动地待着。因为只要稍微动一下手，手就会碰到周围冰冷的空气，那刺骨的寒冷异常清晰。就连突然转动脖子时，冰冷的衣领滑过颈部都让人无法承受。漫天的寒冷从四面八方向我袭来，我只能在十张榻榻米大小的书房里缩成一团。这间书房铺的是地板，我在本该放椅子的地方铺着地毯，把它想象成普通的席子坐在上面。但是，地毯太窄，四面边长二尺左右，边上露出光滑的地板泛着冷光。我一动不动地缩成一团，观察着这间书房。这时，儿子还在不停地哭泣。这让我丝毫也提不起精神去工作。

妻子进来借表时说又下雪了。我向外一看，发现不知从何时起，细小的雪花开始飘落下来。屋外没有一丝风，雪花从灰暗的天空中飘落下来，寂静，缓慢而又无情。

“哎，去年，孩子生病时烧火炉的炭价是多少啊？”我问妻子道。

“那时是月末,要二十八日元。”

我听了妻子的回答,对在屋里烧火炉一事便彻底死心了。火炉现在还在后面的库房里放着呢。

“哎,你能不能让孩子稍微静一静啊?”

妻子露出了无可奈何的表情说道:

“阿政说自己肚子疼,看起来好像很痛苦,要不要请林医生来给看看啊?”

我知道阿政已经因病卧床两三天了,但没想到情况会这么严重。我说还是早点叫医生比较好。听我这样一提醒,妻子就同意了,直接拿着表就出门了。关拉门时,她说:“我总觉得这间屋子比较冷。”

这时,冻僵的我依然不想工作。说实话,工作已经堆积如山了。我自己的稿子还需要再写一章,还要给某个陌生的青年指导两三篇短篇小说,还答应某人附信把其作品介绍给一家杂志。在最近的这两三个月里,该读却没读的书都被我堆在桌子旁边,现在已经堆得很高了。而在最近的一周里,每每当我坐在桌边想要工作时总会有人来访。大家都是来找我商量一些事情,再加上我又胃疼。从这点上来看,今天还算是比较幸运的。但是,不管怎么说,寒冷的天气使我提不起劲,无法将手从火盆上移开。

这时,有人把车停靠在了门口。女仆过来说长泽来访。我依然蜷缩在火盆旁,只把眼珠子向上转了转,仰视着进屋的长泽,说我冷得都动不了。长泽从怀中拿出信来读,说这个月十五号是旧历正月,希望我无论如何一定要安排出时间。一如既往是钱的问题。长泽十二点多就回去了。但是,那时依然冷得让人受不了。我想,要不去趟澡堂,洗个澡也许能打起精神,便提着毛巾出了门,刚好碰到吉田在门口敲门。进屋一聊起其境遇,吉田便潸然泪下。不久之后,医生来了,后面乱糟糟一片。吉田走后,孩子又开始哭闹了。我这才去了澡堂。

洗完澡后身体才开始变得暖和起来。我一路心情愉快地到了家,进了书房之后,发现灯已经点着,窗帘拉着。火盆里插着新的小块木炭。我一屁股坐到了垫子上。这时,妻子嘴里说着“很冷吧!”一边为我端来了荞麦面糊。我问阿政病情怎样,妻子说:“医生说有可能发展成盲肠炎。”我接过面糊,回答说:“要是情况不乐观,还是让他住院比较好。”妻子说:“是啊。”便出门去了茶室。

妻子出去之后,四周突然间便变得寂静一片。真真是个下雪的夜晚。哭闹的儿子已经睡了。我啜着热乎乎的荞麦面糊，在明亮的灯光下，侧耳倾听木炭“哔哔剥剥”的燃烧声。这时，我发现红色的火苗在灰烬里轻轻摇曳。有时会有淡青色的火苗从木炭的缝隙中窜出来。在这红色的火光里，我第一次感受到了这一天中的暖和气儿。于是，我的眼神许久都未能离开火盆中那逐渐变白的灰烬表面。

（王宁　杨晓钟　译）

我和钢笔

不久前见到鲁庵君时，我问他丸善文具店里一日能售出多少钢笔，他说多的时候能卖出一百来支。我又问他，一支钢笔寿命几何？他便和我讲了这样一件事，日前有一位横滨的客人带来支钢笔，说是笔头尚好笔杆短了，要求只换根笔杆。这笔是那客人十三年前买的，连续使用至今，算是使用年头最长的了。

一般情况下，普通的钢笔也至少有六七年的寿命。而寿命如此之长的钢笔每天可以卖出上百支，可见有钢笔需求的人群正在以迅猛的势头增长。当然，其中也不乏嗜好钢笔之人，他们在一支钢笔没用完时便喜新厌旧地入手一支新笔，新笔买来不久又移情别恋于其他款式，于各种笔头、笔杆的品玩中追求愉悦。但这种嗜好在当今的日本并不普遍。在西方，有人对烟斗尤为喜好。他们乐于将长短不一的各种烟斗整齐漂亮地排列在暖炉上方。单就收集狂而言，无论是摆弄烟斗的人、赏玩酒器的人还是收集酒葫芦的人，他们都是在自己的嗜好驱使下，陶醉于自己对同类物件的细小差异能够敏锐地进行鉴别赏析的能力之中，而这种能力是那些门外汉们所不具备的。

从本质上来说，钢笔迷们赏玩钢笔多少有些实用性，这一点与以上所说的“痴狂人群”有些差异。但他们同时奢侈地拥有五六支钢笔，则与收集狂们性质相同。就收集狂的数量而言，以眼下日本的状况来说，钢笔狂所拥有的钢笔数量甚至不及西方烟斗狂们的十分之一吧。所以，丸善每日卖出的一百支钢笔中，有九十九支都是普通人因为实际需要而购买的。虽不知钢笔来到日本有多少年头，但价格不菲的钢笔正逐渐成为大家极度需求的必需品，这是无可争辩的事实。

据说钢笔中的极品每支可达三百日元，丸善的订货中也有六十五日元一支的高价钢笔。可以说普通人需求的是十日元左右的便宜钢笔，但即便如此，也比一钱一支的蘸水笔和三钱一支的水笔高出几百倍！如此昂贵的钢笔每日竟可以销售上百支，这究竟是因为我们的经济水平已经发展到可以玩赏这足以称为奢侈品的钢笔，还是说这钢笔已是我们身边不可缺少，而使人们不惜重金获取的宝物了呢？当然究其原因应该不是单方面的，二者择一的想法未免过于愚痴。姑且认为这种钢笔需求是二因共同作用引起的，而在我看来后因的成分更多些。

坦白说，我与钢笔没有什么特殊情缘，也是个十足的门外汉。我开始使用钢笔至今仅有三四个年头，因此我们的关系甚疏也不足为奇。十二年前漂洋留学，亲戚送行之际曾赠予我一支钢笔，然而这支钢笔还没使用就被我在船上模仿“体操表演”摆弄坏了。此后在国外的日子里我多使用的是蘸水笔，即便后来回到日本，陷于必须要手写稿之境地时，我也是用蘸水笔写的一手臭字应付了过去。时至今日，我虽已不记得三四年前突然改用起钢笔的具体缘由了，但首先肯定是出于钢笔方便这个实际性的动机吧。未曾使用过钢笔的我那时从丸善买回两支被命名为“鹈鹕”的钢笔，至今仍在使用着。然而不幸的是，我对这“鹈鹕”着实没有好感。这笔总是不顺我的意，有时候它会无视我的需求，滴滴答答地将墨水滴落在稿纸上，着急用的时候它又惜墨如金，一墨不吐，叫我颇感折磨。当然，这也许与我这个主人不曾厚待钢笔有关。笔中没墨时，一向邋遢的我便随意从桌上抓来一瓶墨水就往“鹈鹕”肚子里灌。不仅如此，因我一向不爱蓝黑色墨水，所以特意买来深褐色的乌贼墨，硬是掰开那“鸟嘴”将我喜欢的墨水灌进去。加之我完全不懂如何维护钢笔，终究无法降服那“怪鸟”。即便“鹈鹕”再怎么闹情绪罢工，我也未曾给它洗一洗，清清肠子。这样一来，“鹈鹕”对我这个主人多半是了无好感，而我对它也已完全丧失了希望。于是，今年正月在撰写《彼岸过迄》时，我又倒退了一个时代，重新回到了蘸水笔的世界。那时，我发觉自己对被我冷落的“鹈鹕”感到了一份留恋，就如同怀念分别了的前妻一般。我使用着“费劲”的蘸水笔，忧烦于每次书写途中蘸墨的不便。幸而我的文章并非那种能够一挥而就的东西，更何况使用蘸水笔可以使用我偏爱的乌贼墨色，所以就打算姑且就用蘸水笔完成《彼岸过迄》。但其实当时的决定多少出于好强之心的。

像我这样做个文章之类的并不需要费心思在工具上图方便的人，抑或是钢笔没买好，用着不合适，而对钢笔束手无策的人，完全抛弃掉钢笔时也会感到这般不便。那么，其他人弃掉毛笔、蘸水笔而不吝囊中物选择钢笔定是有其实用需求的。我想钢笔如此大卖，并非因它充当了公子哥儿们玩弄的奢侈品。

我对丸善店中钢笔的需求做出了种种解释，然而却对各种钢笔研究甚少，有关它的利害得失也讲不出个一二。这让我觉得自己落后于时代而蒙羞。喝酒之人懂酒，行文之人懂钢笔的时代亦不远矣。只用过“鹈鹕”就说钢笔不好用，不久我肯定因此被人耻笑吧。为了不成为笑柄，我认为尝试其他钢笔是很有必要的。现在我正创作的这篇文章是用鲁庵专门推荐并赠予我的钢笔“onoto”书写的。此笔下水流畅，甚是讨我欢心。我赶走“鹈鹕”，迎来它的姐妹“onoto”，自此我对钢笔的厌恶与罪恶也算是“一笔”勾销了。

（马丽　杨晓钟　译）

暖梦

风被高耸的建筑物阻挡了去路，忽然如闪电般迅速改变了方向，从头顶斜着吹向地面。我用右手按住礼帽在风中艰难地往前走。前边不远处一名正在等活儿的马车夫从驾车的位置朝我看来，我才把手从帽子上拿开，还没调整好姿势他就向我竖起了食指。这是问我要不要坐车的意思，我并没有上他的车。这时，只见他右手握紧拳头开始朝着自己的胸部狠狠拍打，即使离他一丈多远，也能听到拍打时发出“咚咚”的响声。伦敦的马车夫这样做是为了让自己的身体和手暖和起来。我回头看了看马车夫，一顶破旧的褪色毡帽下露出沾满白霜的浓密头发，穿着像用毯子缝合起来的粗布茶色外套。他如机械一般提肘向上，举于肩处，又“咚咚”地拍打胸部。

我继续往前走去。

路人们行色匆匆，都是一副争先恐后的样子，就连女人们也不甘落后。她们在后腰处轻轻地提起裙摆,高跟鞋踩在石子路上发出尖锐的声音,好像鞋跟要被踩弯一般。仔细看,路人们的脸上都流露出严肃和紧张的神情,目不斜视,一个劲儿沿着一条直线往前冲,奔向自己的目的地。此时,每个人都双唇紧闭,眉头紧锁。高高挺立的鼻子使深沉的脸显得更加凝重。他们就这样径直地向目的地迈着步子。俨然一副在街上走够了,在外面待够了,如果不分秒必争地回到家里就是一辈子的耻辱的架势。

我慢吞吞地走着,总觉得在这个城市生活有些力不从心。抬头向上看,广阔的天空不知何时被东西如峭壁一般耸立着的高楼分割开来,只剩下中间一条狭长的带子自东向西延伸,这条带子的颜色从早上的深灰色渐渐变成了现在的茶褐色。高楼本来是灰色的,它们像厌倦透了温暖的太阳光一样,毫不客气地挡在了路的两侧,把开阔的土地挡成了狭长的谷底,为了不让阳光照进,它们层层叠叠,高高耸立。夹在谷底找不到出口的风,好像要把谷底掀翻一样疾速穿过。人们如漏网的小鱼四散逃开,慢吞吞的我最终也被这风吹得仓皇逃回家中。

穿过长长的回廊,登上两三级台阶,就看到装有弹簧装置的大门。身体才轻轻倚在门上,还没有发出任何声音,就置身于偌大的回廊。眼前是一片耀眼的光明。回头看,大门不知什么时候关上了，这里如春天般温暖。一时间，为了让眼睛尽快适应，我使劲眨了眨眼睛。虽然人很多，但氛围和谐且安静，每个人看起来都轻松愉悦。人们并肩前行，却并不拥挤，相处和睦。我向上看，头顶上是色彩浓艳的圆形顶棚，亮丽的金箔闪闪发光，一片绚丽辉煌的样子，让人心潮澎湃。再向前看，前方全是栏杆，在栏杆的尽头有一个大洞。我靠近栏杆，伸长短短的脖子往洞里看。洞的深处满是仿佛画里面的小人，虽然人数众多，但却色彩鲜明。这就是所谓的人海吧。白黑黄青紫红，各种明亮的颜色如大海上涌起的波涛一样簇拥着，像叠放在一起的五彩鳞片一样，朝着遥远的深处微微地、整齐地蠕动而去。

这时，涌动的人潮忽然消失。从巨大的顶棚到遥远的谷底一下子变暗。一切都被埋葬在这黑暗中，没有任何声音，仿佛黑暗吞噬了万物，只留下一片寂静。眼前的画面好像被剪成了一个四边形，从黑暗中浮现出来，渐渐地从模糊到明显。一开始，我以为是黑暗的程度不同而已，黑暗慢慢淡去，当我感受到柔和的光芒后，才意识到我置身在轻柔的光线里，能够看到不透明的颜色，有黄色、紫色和蓝色。不一会儿，其中的黄色和紫色开始动起来了。我静静地凝视着，紧张到两眼的视觉神经都疲惫了。眼前的雾气转眼间就消失了，远方明媚的阳光照耀在海面上，绿草地上出现了穿着黄色上衣的英俊男人和着紫色长袖衣服的漂亮女子。女子坐在橄榄树下的大理石长椅上,男子站在长椅旁,低头看着女子。温暖的南风吹过海面送来优美的音乐,那声音柔美悠长。

忽然洞里嘈杂起来,原来他们并没有消失在黑暗中,而是在黑暗中做着温暖的希腊之梦。

(王敏　译)

信

一

在莫泊桑写的题为《二十五日间》的一篇小品文里，其开头是这样的：在某个温泉旅馆安顿下来，正要把外套和白衬衫收进衣橱时，打开抽屉看了一下，发现卷着的纸，不经意地展开一看，《我的二十五日》的标题映入眼帘。之后，这个无名氏的二十五日间就一字不改地原貌登载了出来。

阿贝·普雷沃的题为《不在》的短篇小说开头，也有类似的描述：因为轻易答应了给巴黎某个杂志撰稿，来到德国的某个避暑胜地，在旅馆的桌子上什么上的，为构思苦思冥想，想找找有没有什么题材，打开桌子抽屉一一翻阅，没想到从最底下翻出一封信，也是就把信原封不动地刊登了出来。

二者的旨趣如此相似，甚至让人怀疑新的是蹈袭了前人的做法。这与我来说都是无关痛痒的事儿。可是，最近自己也经历了同样的事情。为此迄今为止一直佩服不愧是写小说的真能编啊，那之后意识到世上有很多相似的事情，多少让人感叹这些偶然的重复，所以就不由得在此想把二人的作品相提并论。

话虽如此，但是莫泊桑的就如同其标题所示，是属于逗留二十五日印象记之类的内容，而阿贝·普雷沃的是在滞留期间一位男士写给女客人的一封艳情信，二者都是无名氏的文字本身成为引起兴趣的焦点。我自身的经历也是在一个偶然的地方发现了一封意外的信，这成为一个导火线，收到了意想不到的实际效果，对信本身倒没有太大的兴趣。至少我在小说情调的层面上没有品味出来，所以没有什么兴趣。这就是和前面列举的两位法国作家所不同的地方，这也是与他们两人相比，更平凡无奇的我没有模仿他们，把那封信作为话题的中心，一字不落地抄写在这的原因。

信毫无疑问是在旅馆里发现的，场所也和法国作家笔下提及的基本一致。但是为了回答“为什么”或“什么样的信”这样的问题，就有必要追溯到发现信的前一周讲起。

就要出发前往K市的头一天晚上，妻子说正好顺路，回来时顺便去趟重吉那儿，见见重吉，把那件事儿定亮清。总感觉就像风筝挂在树枝上在半空荡着似的让人不落实。对于重吉的事儿我也有同感，可是妻子竟用了这么形象的比喻。“你跟谁学来的吗?”没有任何回答,于是姑且半开玩笑地流露出些许疑惑。妻子非常意外地板着脸反问我:“你指的什么?”虽非有意将错就错,但是看来我的意思确实没被理解,于是就撇开风筝的话题,直接商量重吉的事儿了。

重吉是个既非我家亲戚也不是我家食客的年轻人,但有一段时期甚至借宿在我家走读,关系非常近。他上大学以来就一直寄宿在外,完成四年课程后最终也没回家。也并不是关系就疏远了,周天,周六甚至是周内,有兴致的时候就来我家玩很长时间。他生性落落大方、率真、有种男人的逍遥大气,这都是他天生的优势。因此我和妻子都很喜欢他,重吉也把我们叫作叔叔,婶婶。

二

重吉刚毕业。而且刚刚毕业就去了乡下,问他为什么去,据他说也没有什么特别的原因,就是事先拜托过给自己介绍个工作的那个学长推荐说你去那儿看看怎样,于是就动了这个念头。可是再怎么说 H 市也太那个了吧,如果是大阪啊名古屋啊之类的地方城市也就罢了,所以尽管他自己已经决定了,我还是对他去 H 市表示了反对。当时重吉默默地笑着,说是对方突然出现人员空缺,正为难,所以就按暂时的约定前去,很快就会回来的,说的就好像未来是可以自己随心所欲一般。当时我想给他订正说不是“还会回来的”而是“打算回来”，但是转念又想没有必要扰乱他深信不疑的心，所以就由着他那么说了。随即问他：“那件事儿打算怎么办呢?”那件事儿在目前的进展来看，是重吉出发前必须要过问一下的话题。重吉一副毫不挂心的样子，只说了句诸事就拜托了，满不在乎的。对刺激不做过激的反应是这个男人的秉性。即便如此，就他的年龄和这个事情的性质，以一般的眼光来看，重吉的态度太过冷静，让人觉得他没有足够的诚意。我也心存疑惑。

我和妻子还有重吉之间一直作为一种暗语一样彼此心领神会的“那件事”其实就是给他提的亲事。这话要从他毕业前说起。我们之间只用“那件事”，所有的来龙去脉就浮现在脑海，所以很多时候无须特意郑重其事地提到对方的名姓。

女方是妻子远房亲戚家的二女儿。由于这层关系，有时会出入我家，自然而然也就认识了重吉，不过是见了面打个招呼的交道。虽然就两人的关系也没有企图给他们进一步交往的机会，表面看起来都是保持同等距离交往着。而且也看不出两人有追求更进一步关系的苗头。总之两人的关系就好比在一个年长者监督下的少女和一个只知忙于学业身份的少年由于一种社会性的事由，相互见面，做着连礼节都算不上的应酬。

所以我才很吃惊的。当重吉不急不忙地以一种和平时毫无二致的平平的语调说出“我想娶她为妻,能给我做个媒人不”时,我甚至当时反问他“你是真心的吗?”我马上发现,就如同重吉平常行为举止大都很认真一般,对这件事儿他也是很认真的。而且我对他的行事方式颇为赞赏,他的方式不遵从过渡期的日本社会道德,不是当事双方擅自行事,而是一开始就把重要决定告知作为监护人的父母。所以我就接受了他的委托。

马上就让妻子亲自前去提了这个话,妻子带回个怪怪的答复,说是女方母亲的回话,没钱不要紧,但必须保证不是一个不务正业的人才能许配。为什么会提出这样的要求,在回话中对其缘由也做了解释。

女孩儿有一个姐姐,她姐姐两三年前嫁给了一个实业家,现在也没离婚。作为一对普通的夫妇,倒也没有什么引人注目的风波,基本还算太平,所以在人前看起来好像没什么,可是做父母的这两三年间却在人后不断地饱尝痛苦的煎熬。这一切要说都是因为女儿嫁的丈夫品行不端引起的。就是父母也不是那种为了试图维护女儿的权利和幸福,就不让女婿进行工作上的必要应酬的那种不通情达理之人。

三

实际上，父母嫁女儿之始就是知道女婿的品行的，岂止是知道，甚至认可酒和女人是让男人事业锦上添花的必不可少的社交条件。虽说如此，他们很快就开始蹙眉，原本那么健康的女儿嫁过去没多久眼瞅着就憔悴下去，他们是相当痛心的。每次见到女儿母亲都会问身体哪儿不好吗，女儿只是微笑着回答说没什么。可是脸色却越来越苍白。最后终于知道是得病了，并且知道那病不是什么太好的病，进而知道了是女婿难以启齿的病不知什么时候传染给了女儿。也就是从那个时候起，父母的忧虑带上了道德的色彩，以爱憎的意义反射到女婿身上。每看到可怜的大女儿，就无法想象今后要嫁出去的小女儿女婿是和大女婿同类的吃喝嫖赌之徒。所以夫妻之间就商定好，没有钱不要紧，一定要嫁给一个保证不会吃喝嫖赌的可靠之人。

我妻子把从对方听到的这话一五一十地反复详细地说给我听，之后就会追问，我觉得重吉应该是没问题，你怎么看。我就盯着榻榻米只是回答是的，于是妻子就会略带疑问的语气问连重吉也会吃喝嫖赌吗？

“应该没问题吧。”

“不是应该，必须真的没问题才行，如果一旦有事儿，我就对不住人家，不单是我，连你不是也得担责任。”

被妻子这么一说，我也觉得是这个理儿，给女方家一个含糊的回复不太好。虽说如此，但若说重吉这人会嫖赌，还真让人无法想象，当然，他的仪表中，老气横秋啦，过于粗俗啦等所有和风流背道而驰的东西也没有一样。但是由于整体都很平平常常的缘故，根本找不到某个有吃喝嫖赌迹象的点。我和妻子合计了很长时间，最后是这么说定的。

“你就回话说总体来说都不错吧，吃喝嫖赌这点儿我担保。”

“不是担保吃喝嫖赌，是担保不吃喝嫖赌吧。”

“那还用说，担保吃喝嫖赌还得了。”

妻子又去了女方家担保说绝不是一个会吃喝嫖赌的男人。这事儿就是从那时开始发展的。当重吉说起要去地方时，那事儿一直在进展着，已经定了十之八九。我在重吉出发前往 H 市之前，特意跑了一趟女方家，在征得女方父母同意后才让重吉走的。

重吉和小静的关系就从那之后戛然而止，至今还没有新的动静。本来我也没那么挂心，很快就会有一方行动起来吧，笃定万事到时再说。妻子到底是个女人，就很担心，不久前给重吉发了一封很长的信问他那件事儿到底怎么打算，重吉回信的答复和以往一样说所有的事全权拜托。在这之前问他时，他回了张明信片说：“我还没有开始吃喝嫖赌，放心。”妻子把那张明信片拿到我那儿，透着略带生气的语气说：“重吉也太漫不经心了吧，说什么还没开始，是打算要开始嘛，放心什么放心，这不是开玩笑嘛。”我也对重吉用的“还”这个字眼感到很反常，就对妻子轻描淡写地说了句他本人不是当真的吧。

就如同妻子评价的那样，就这么着，好像风筝挂树枝上在半空荡着状态，被推着处在其中的我们将之作为自身的责任，结果很明显，已经不能再置之不管了。所以决定遵从妻子的意见，借这次旅行，回来顺道去趟 H 市，把所谓的“那件事”处理清楚。

四

在火车上我有很多闲暇想象重吉的地方生活，可是一到目的地，立刻眼前的事就忙得不可开交，“那件事”基本想都没想过。花了四五天的工夫总算告一段落，我又被火车摇晃着，满脑子浮现着还没见到的 H 市和在那个城市里重吉借宿的旅店的画面。我这好事之人所使的这点儿招儿，就像香烟的烟雾一般，还不十分清晰确定，只是有一种香烟烟雾似的淡淡喜悦。总之，不久火车就到了 H 市。

我马上雇了辆车赶到重吉住的那家旅店门口。我对旅店的伙计说有一位叫佐野的人是在这住吧,伙计鞠了两个躬回答说前不久是住在这儿的,可是这两天已经搬走了。我心里想着这事儿闹的,一边又问了问新搬去地的情况,听起来不是一个我能前去造访并留宿一两宿的地方,想来还不如住这方便,就让伙计给我找间空房,伙计又鞠了一躬非常客气地拒绝我说,真不好意思呢,招魂节客房都满了。我举着伞在门口站了一会儿。本来是应该通知重吉并打电报告诉他到 H 市的时间,但我考虑到现今做事最好尽量减少相互麻烦,简单行事,就没有事先通知搞了个突然袭击。来这儿一看,才发现由于自己行事方式的草率,结果报应到自己头上了。

我根本不知道 H 市像样的旅店有几家,我只是从重吉的来信里得知这家旅店是其中最好的。向旅店深处瞧了瞧,果不其然,迂回的走廊,里院的新建筑,看起来挺大的而且很新。我问伙计能给想想办法不,伙计脸露为难之色,想了一会儿说,有一个很寒碜的地方,对只宿一夜的客人实在有些过意不去,就是佐野先生前些时候住的那间房,要是不嫌弃的话。听他的口气,好像相当脏的一个地方。我开始有些犹豫,转念一想,来到这地儿,也没必要顾全体面,一两晚的住什么房间也不是什么事儿,就让他把我领去了重吉住过的那间房。

房间在第一道走廊向右拐,在游廊下换上庭院木屐,走两三步水泥地就到了,是一个与哪儿都不相连的独立处所,天棚很低,房柱很细,带点儿茶室的氛围中有股阴湿的感觉。而且榻榻米和隔扇拉门都非常旧。和对面紫藤花架暗影处望见的突出一角的新建楼阁相比,其建筑情趣真是截然不同,无法相比。我喝着茶环顾房间想着"原来他住这么个地方啊"。过了一会儿,借了笔墨,给重吉写了封信。只简单地交代说有事儿去 K 市,顺道儿来你这儿,速来。之后泡了个澡,出来就到吃饭时间了。我打算尽可能和重吉一起吃个晚饭,所以就抽了几根烟,

一心期盼着他的到来。这期间对过儿的楼阁亮起了灯,传来喧闹的人声。我终于等不住了自己独自吃了饭。我喝了一两杯啤酒,听上菜的女招待说着招魂节哪家旅店都人满为患,街上举办各种活动,佐野今晚肯定也被叫到哪儿去了。女侍者说佐野是个老实的好人。我问她有没有女人喜欢重吉,对方笑了,又问他会行为不端吗,对方低头小声说不会。

五

吃完晚饭,女招待撤下碗盘已经接近九点了。可是重吉还没有露面。我独自把坐垫拿到廊下的一端,靠着扶栏,透过潮湿的空气眺望着对过儿宴会间通明的灯火,听着喧闹的

笑声，无聊地吸着烟。正在这时，刚才那女招待拉开拉门通告说总算来了，随后重吉红着脸进来了。我那时是头一次看到重吉脸红。可是无论从他落座后寒暄的样子，还是说话量，抑扬顿挫的语气，都和平时的他没有两样。从他言语行动的任何一点上都看不出有借着酒劲行事的明显迹象，所以我对他脸色的异常也就没说什么。过了一会儿，他叫了来换茶具的女招待的名字，让给自己拿杯水来，又望着我间接辩解道口渴得很。

“喝了不少吧？”

“过节之故，硬被灌了些。”

脸红的原因就这么简单地敷衍过去了。之后的话题是怎么展开的已经记不清了。只记得刚过了三十分钟，我和重吉又开始了围绕着所谓“那件事”的问答。

“你到底是怎么个打算？”

“怎么打算，当然是想娶了。”

“你必须说老实话。与其说些支吾搪塞的话拖延，还不如趁现在干脆断了方为上策。”

“到如今说分手，我可不干，说真的，叔叔，我是很喜欢她的。”

也看不出重吉有什么扯谎的样子。

“那就麻麻利利地把事情办了不好吗？总这么拖拖拉拉

着,从旁人来看,觉得暧昧不清的。”

重吉小声嘟囔着是吗,停了一会儿又恢复原来的语气说:

“可是,娶了难道带到这么个乡下来吗。”

我回答说应该不在乎乡下啦之类的。重吉又反问那对方答应了吗。我当时有些犯难。实际上我也并非是在这么细微处征询了女方家的意见后才来这儿谈判的。可是话说到这份上也下不来台了,就用气势压倒他说:

“要这么说的话,那多半是会答应的了。”

于是重吉马上改变了问题方向,辩解说就眼下的经济状况完全没有建立一个温暖家庭的物质条件,打算自己先独自忍耐一下。并说根据最初的约定,等今年年底就会涨工资,应该能返回东京了。到时只要女方家同意,不管整个多小的房子都要迎娶小静。如果事情不能按约定的进展,工资也没涨,也回不了东京的话,到那时,只要对方没有异议,就按我说的办。又加了一句说无论如何拜托了。我觉得这还算说得过去。

“啊,你要是拿定主意了的话,这样就好。你婶婶也会放心了。小静那儿,事先跟她讲好。”

“嗯。行。可是我的想法你们应该是知道的吧。”

“要是这样的话,你就别那样给我们回信啊。就那么一句全权拜托了谁明白是怎么回事啊。再有你那张明信片，写的什么我还没开始吃喝嫖赌，放心。真弄不明白你是认真的还是开玩笑。”

“实在很抱歉。但是我完全是认真的。”重吉边说着边挠头苦笑。

“那件事儿”就这么结束了，之后有一搭没一搭地聊了些山南海北的话，夜就深了。重吉劝我好不容易来一次多待两三天，我谢绝了他的好意，决定还是第二天启程。重吉说那明天还很辛苦，早早休息吧，跟我道了晚安之后就回去了。

六

第二天早上洗了个脸回到房间，架子上的梳妆台非常显眼地重新安置到了拉门前。我随意地坐在梳妆台前拿起镜架下面的梳子。然后我准备找个东西擦一下那把梳子，就试着用力打开了梳妆台的抽屉，感觉桐木匣底部内侧好像被什么卡住了，很快阻力减轻，顺畅地抽了出来，同时交叉承重木条间露出了一卷放着的拧巴了的信。我把信拽出来，立马撕了五六寸长准备擦梳子，但我注意到展开的白纸上有女人的蝇头小字细长文弱地写着什么。我不由得想读上一两行。但是，当我发现这细弱的文字竟然是一篇口语体的文章时，开始的一两行就难以满足我的好奇心了。我不知不觉间一口气就读完了刚才撕破的五六寸内容。然后就开始转读撕剩下的部分。在阅读的过程中，我不禁笑了。实际上这封信是某个女子写给一个男人的情书。

因为是情书，所以一方面有非常陈旧的内容，另一方面又是一篇不拘形式信笔而成的口语体文章，所以不时地也冒出不少我认为相当新颖的语句。信中有错别字和假名，而且由于感情的表露方式太过露骨陷入一种程式化，从这种意义来说反而看不出真诚。最让人受不了的是毫不顾忌地引用了很多蹩脚的描写男欢女爱的俗曲。综合看来，给任何一个阅读者的第一印象都是这封信出自一个艺妓之手。反正一个毫无关系的第三者偷阅别人的情书时不会没有滑稽的兴致，可是，写情书的人是一个无须担负节操道义的艺妓，而这种兴致不用害怕被其他严肃的社会观念干扰，所以阅读一方会感到无比轻松。

由于这种原因，我带着很大的兴致，窃笑着读了这封长长的信。读的同时，我好奇被女人如此思慕的情男到底是何许人也，这种好奇心拽着我读到最后一行，直到收信方的名字映入我眼帘。可是，当读到那个毫无遗憾地满足我好奇心的画龙点睛般的名字时，我突然大吃一惊，收信人一处清清楚楚地写着重吉的姓和名。

我一时呆呆地望向庭院，然后把手里的信迅速叠起来揣进长衫的口袋里，随后对着镜子分了头发。看看时钟才七点，我是乘坐十点几分的火车。我拍了拍手叫来侍女吩咐马上派车去接重吉，决定在这期间把饭吃了。

多少夹杂一些怪怪的感觉，然而总的来说“那个混蛋”的感情占上风。再回头看重吉那混蛋，换了住所也不通知一声，让人等了半天，一点儿没有抱歉之色，总算来了，满脸的酒色，一切都不对劲儿。可是一想到平常从什么角度看都再普通不过的那个男人什么时候收到女人的信还佯装不知，就感到普通的不能再普通的那个日常的重吉和作为一个情男很玩得转的特制的重吉之间的矛盾看上去特别滑稽，所以我自己也不知道要以哪种感觉来面对重吉。可是，同时我也意识到必须定下一个，以此作为基调来见他。我喝着饭后的茶，剔着牙，思索着重吉来了后怎么处理为好。

七

他很快就乘着我从旅店派去接他的车赶来了。对于还没想好以何种态度来应对他的我来说，他来得太快了些，这次出现的真够迅速的。他只简单地说了句，太早了吧，我本打算早上一起来就马上赶来的，你就派车来接了，然后就坐在那儿直视着我的脸。这时如果毫无芥蒂地从旁观察我们俩的话，重吉一定比我看起来要单纯得多。我一言不发地沉默着。他穿着白色布袜,角带系着的和服下露出和服内衣的灰色纺绸衬领。

"你今天很时髦嘛。"

"昨晚也是这一身啊。天晚没看出来吧。"

我又沉默了。之后类似这样的会话又进行了两三个回合,其间总是出现一个奇妙的空洞,我感到这个空洞好像是我故意制造的。然而,重吉没有这样的芥蒂,所以,即使说话不多,其态度是坦然的。最后我一本正经儿地说道:

"其实昨晚也说了那么多了,就是那件事儿。怎么办,不如干脆毅然决然地断了?"

重吉面露一丝难以理解的神色。但是,他还是以一贯的沉稳腔调反问为什么。

"你说为什么,你这种品行不端之徒是没有资格做人家丈夫的。"

这回重吉沉默了。我又接着说:

"我都知道了。你干的不正经事儿是无法掩盖的事实。"

说出这话的我突然感到自己的言辞有些失常。但是,重吉连苦笑一下都没有地克制着自己,使我得以认真地说下去。

"你可真不够男人。搪塞别人,一味考虑自己的得失,简直就是欺诈。"

“可是，叔叔，我可没染什么病啊。”重吉插嘴辩解道。我又一次失态了。

“那种事谁能知道？”

“是真的。”

“总之干不正经的事就已经违反了条件。你根本不能娶小静。”

“这可如何是好？”

重吉一副困窘的表情，对我左央右求。我坚决要求解除婚约。最后，我说，那就这样吧，直到迎娶女方之前，作为他反省和追悔的表现，如果能做到每个月从工资里给我寄十日元当作办婚事费用的一部分的话，这件事就私下了结。重吉说减到五日元，我没同意，最终按照我的意见商定每月寄十日元。

不久时间到了，我立刻站起来换了衣服。然后让车赶紧去车站。重吉当然也跟来了。但是，包和围毯等所有手提行李都已经让旅店的伙计收拾好搬到火车上了，所以他就空着手站在月台上。我从车窗探身，得意地打量着重吉的纺绸衣领、角带和白色布袜。很快到了发车时间，我故意瞅准车轮开始转动的一瞬间，从口袋里拿出今天早上读过的信，说，喂，给你点儿礼物，边尽量伸长手递给了重吉。

重吉抓住信的时候，火车已经开起来了。我缩身车内，直到火车离开车站也没有回头看站台。

回到家，我也没对妻子提信的事儿。旅行回来后的第一个月，收到重吉寄来的十日元时，妻子说不错啊。第二个月收到十日元时，妻子又说真不错啊。第三个月只寄来七日元，于是妻子说重吉也挺不容易的吧。在我看来，重吉对小静的情谊在过去的三个月里已经减少了三日元。至于将来的情义当然还是个疑问。

（张鑫　译）

致虚子君

昨日失敬了！如此连续观戏于我这辈子恐是绝无仅有的稀罕事。把我从自己传统、守旧、封闭的生活里拉拽出来，享受愉快温馨的交际时光，这全是托虚子君之福。不仅如此，后来又说要带我去看相扑比赛、去招魂社赏能剧，可真有你的！你该算好人还是歹人我都有些弄不清了。

我性格怪僻，每每到了聚会联欢或其他娱乐场所，刚一坐定，不久便会产生一种荒凉感，明明前后左右的奢华美艳映入了脑际。自己以为或许是心理学上所谓的“条件反射”作用吧，似乎又不完全是。在那种场合看周围人的脸、样子，大家似乎都显轻浮，男人、女人都非常得意。在这一张张轻浮、得意的神情样态里，不知从哪儿会冒出：自己就生活在这样的社会人群之中的奇怪想法，一下子会变得不安起来。于是便产生早早逃回自己洞穴的念头。

至此还不算太糟，接下来更是离奇。当我意识到：在别人眼里我自己也一定是摆出同样的轻浮、得意时,这会让我顿觉羞愧难当。再接下来,又会替自己开脱。心想:自己的轻浮、得意只限这种场合,再挺一会儿就能回到平素的自我。然而,其他人呢,不管在家、在职场,这可能是他们的常态,一直会保持这副德性。这么一想,便又自负起来。这么一来,总觉得自己和那种场合不相宜,不该到场。回到家里,甚至会产生独自静坐一两个钟头的想法。

而另一方面,我却又确确实实萌生一种想要体味这弥漫在周围空气中、无以名状的令人局促紧张、不知自我的奢华阔气的刺激冲动,很是纠结!从这层意义来看,靓男美女们抛开天地神明,陶醉于良辰美景,以优越的都市新贵姿态随心所欲、高谈阔论的春风得意的确令人羡慕。羡慕归羡慕,我丝毫没有大踏步跨进这个人造世界的勇气。从经年的生活习惯来看,我依然适合待在我久居的田园竹林之中,与竹林、书籍为伍,享受自己迥然不同的生活方式。这更符合我的性情。抛开官能的人工刺激,我以为这个窝更有意义。因此,我又很难融进周围欢快的氛围,无法沉浸其中。这又是一道难题。以这种半立半蹲的姿态去观戏,个中原因颇为复杂,五到七成原因恐怕要归因于舞台上所演的剧目本身。我寻思那些剧目,应该完全不同于自己的个人生活圈子,而且也不会太过高大上的。这么一说,似乎对演员和剧目的观赏价值都有贬损之嫌,在此予以解释。

前一阵帝国座①的二宫君过来对我讲:“来自明治座②您的感言文章我们读过了。不知是因为我们反应迟钝还是什么,总之我们找不出如您所指责发难的那些问题!从戏剧行家的视觉来看,不管情节多么牵强,抑或多么精当,我们自始至终都被剧情完全吸引,是在忘情中看完的。”我回应说:“哦,看来也许是我这个门外汉的不对了。”接着我反问二宫君:“虽然我不懂戏剧,但小说比你知道得多。我读小说,首先读到的便是大致的情节即结构。很难忽视情节,认为只要局部场面有趣就行。因此,无论我付出多大努力让自己变成戏剧通,想要和你拥有同样的戏剧欣赏观恐怕不大可能,你觉得呢?”——我们的谈话不欢而散。于我而言,戏剧的结构,比如导致波澜冲突的前因后果、此因果与彼因果的关联关系等等依然是要首先关注的。可是,在此方面他们做的恰恰不怎么到位啊,感觉有些剧本甚至就是在愚弄我的理智,《太功记》等就是典型。有些剧本平铺直叙、太过平淡,名为《楠》什么的那出戏叫谁看都太过平板无奇。有些剧本为了刺激观众视觉,故意制作出残酷的场面,《刀斩与三郎》——也难怪,从剧名看就不同寻常。唉,打动人心的恐怕只有那

① 帝国座:位于大阪的剧场名。
② 明治座:位于东京的剧场名。

残酷血腥的场面了。

就像有人平生大多时间奉行只要当下愉快度过即可一样,他们也自然不把戏剧的结构放进眼里,认为只要把一个个碎片性的局部把玩好即可——就像二宫君那样的主张。假设承认他们的理论成立,结果会怎样呢?

那样的戏也能看,只是戏眼偏离了剧情——从内容的发掘沦落为以下三点:要么关注局部内容的品鉴,要么欣赏主角因剧情而演绎出的演技,要么玩赏那些远离剧情、与内容发掘毫不相干的边缘角色的演技。似乎只能如此。

这样一来,就算是戏迷,他们关注的重心也不在剧情发展。《阿富要跳海》的内容不堪入目,哪有心思关注演员的演技,十分令人反感。中村不折在我的邻座,听了他当时在艺术方面的评判,我着实感到意外。不过,我个人不喜欢之处戏迷们却未必有相同反应,你说呢?

从妹妹手中接过刀,光秀一人退下——这一内容安排没什么不妥。唯其如此,才有探讨艺术表现力高下的余地。这一幕你们认为精彩,我也有同感。不过,这里的艺术正是服务于内容发掘的内在需要的。

说到和内容相对关系不大的演技,好像很玄妙啊。我弄不懂到底欣赏内容好还是品鉴表演艺术好。在戏剧第十段,当初菊给耳背的光吉还是什么老爷示好时,邻座观戏间的一位老太太居然动情哭了出来，令人感动。那么单纯的内容都能哭出来，多么淳朴的民众——一想到这一幕我就深受感动。相比之下，我们文艺工作者太过世故老成，反而让结果更糟。话虽这么讲，那段戏的确有味，非常有趣。遗憾的是，这里的有趣其实和内容发掘、人情流露几无关系。仅仅只是大家觉得那位叫初菊的姑娘的肢体、手臂柔软如蛇，随着三味线的音乐有韵律地在扭动……像老太太那样因人性发现而哭泣者其实凤毛麟角。对此，不知我的看法是否和各位戏剧通一致，求赐教。要么赞成老太太，要么同意我的肤浅庸俗便能说明问题。

哦，差点忘了，在局部艺术发掘方面完成质量上乘的要算《蝙蝠安》了。那出戏好，的确完成不错。那演员若非出身黑道又改邪归正者，怎么能演得那么惟妙惟肖呢。表情也一副流氓地痞的样态。这样一个家伙蓄上胡须、穿上武家礼服摇身一变成为楠木正成的管家，真让人叫绝。

接下来那出完全和内容无关，或者可以称为没有内容的艺术。那种东西我也不是一窍不通。鹭娘不停地在舞，然后男性、中性、女性三类人粉墨登场吉原①仲町，发挥施展各自特色的身体运动。据说运动技术属那个男性最棒，不过我个

① 吉原：江户城内妓女聚集的地方。

人喜欢那个女的。她身材的确很美，而且服饰色彩也不错。

色彩带给我的影响不可谓不大，《太功记》的色彩极不协调，非常可笑，加藤清正居然穿着带金扣的衬衣。光秀出身于普通人家的联排房之下，在那样的屋檐下却藏着身着华丽服饰的新娘，令人扼腕。另外，光秀为何要像百姓那样去加工制造竹枪呢，情节安排令人费解。

木更津汐干之场的色彩乱七八糟，看一眼就让人烦。皇族・贵族大街上有油漆匠的长匾存在——你们自己看看。

楠木家族的色彩甚好，首先很协调，正成之妻品位高雅、圣洁，其妾的色彩、其他出场人物的色彩都不错。

以上就我个人喜好、厌恶按剧目类属做了归纳罗列，算是把我看戏时三心二意、左右为难的心理进行了系统说明。想说的远不止这些，留待他日见面后再聊。中村不折没看男性、中性、女性那一节就回家了，我想或许是因为他喜欢大男人风格的场面之故吧。代问凡鸟君好！

（孟简　译）

处女作追怀谈

我的处女作——说起来当数《我是猫》吧，倒也不至于到达“追怀”的程度。只是不知不觉就写出那样的内容——应该说那个时期的我，刚好抵达那样的状态。

话说回来，原本自己也没有什么非做不可的事。当然，活着总得做些什么，要做，就要体现自我存在的价值，起码让外界了解这里有这么个人存在——和其他人一样，我也抱有这样的观念。然而，在文学创作方面发挥自己这件事，真正着手写作之前却不曾刻意想过。

话说到这里，当初的经历再次浮现在眼前。那是刚从大学毕业没多久的事。有天被外山正一先生叫去，询问我有无尝试做老师的意愿。之前也从没考虑过想做或者不想做的问题，突然被这么一问，好像也并非完全不感兴趣。便回答说先试试看吧。于是，他把我带到了嘉纳先生那里。嘉纳是高等师范学校的校长，在他那里，开始听他讲一些很宏大的事情，教育事业怎么样啦，教育工作者一定要怎么样啦，其格调之高我等费心费力也未必企及。现如今的我也不过话听三分事攻一半，只是那个时候过于守本分的自己还做不到这样。遂拒绝说我做不了，没想到嘉纳先生却因此夸赞了我，说因为我的拒绝让他愈发觉得值得信任，总而言之，先尽力去做。他这么一说，加上我本身的性格，也不好再彻底拒绝，就这样，开始进入高等师范学校工作了。这便是我人生的起点。

这里话得返回数年前，在我十五六岁的时候，也曾看过汉籍、小说，感觉文学颇有意思，一度想在这方面做些尝试，便对现已过世的兄长提起我的想法，不曾想兄长却说文学不能成为职业，只是业余爱好而已等等，反倒为此训斥了我。只是考虑再三，还是想从事自己感兴趣的职业，同时，这份工作还必须于社会而言不可或缺的才好。为什么呢？要说缘由，苦恼源于自己的怪异。那时，并不是很懂“怪物”一词的含义，但自以“怪物”自居以来，凡事都无法合着社会的节拍来。无须改变自我，还能乐在其中，同时还是社会所必需的工作应该也是存在的。——那时，我脑海中浮起的是佐佐木博士的养父，至今仍在骏河台拥有医院，名叫佐佐木东洋。世人皆知他古怪，但社会上却需要他那样的人，而且，面对凡世他不失本心却依然可以行事自如。还有一位叫作井上达也的眼科医生也在骏河台,和东洋先生一样,是个怪人,同时却也被社会需要。于是,希望自己能如他们一般了不起。可是,我讨厌做医生。总觉得医生之外一定有令人满意的工作。就这样,有一天突然想到建筑这个行业。建筑的话,属于“衣食住”之一,不仅社会上任何人都离不开,同时,还是门宏伟的艺术。自身感兴趣的同时也被社会所需要,于是,至此终于做了决定。

刚好那个时候高等学校的同级生里有个叫作米山保三郎的朋友。此人真真实属“怪物”之列,时常将宇宙、人生挂在嘴边,总说些很“大”的事情。有天,此男来找我,一如既往听他讲了一堆哲学家的名字,末了问我想要做什么,我如实跟他说了自己的想法,却被他当场否定。他说在日本你即就是有再大的本事,也不可能为天下后世留下如圣保罗大教堂这样的建筑等等这的那的,口若悬河地向我讲述了一番道理,还说到比起建筑来文学倒更有生命力。原本,相比而言我的想法出发点更为实际,毕竟是从“吃”出发的。米山的话虽然听来似乎有些不着边际,其内容之大也是真的。似乎衣食问题全然未纳入眼里,这一点我倒是很钦佩。然而被他这么一说,自己也觉得好像确实这么回事,当晚又撤销了原本的念头,决定成为一名文学工作者。着实没有定力啊。

可又不想做汉文或国文方面的工作,最终决定以英文专业为志愿。

然而，那个时候目标可谓万分茫然，只是抱着通晓英语、英国文学，并用英语写出令西洋人惊叹的出色的文学作品这样的愿望而已。但是进入大学三年过后，似乎离初衷越来越远，以至在毕业时甚至怀疑起——这样也可成为学士啊。即便如此，由于成绩还算不错，却也意外得到了人们的信赖。面对外界，还有点自得；而一旦面对自我，却内心不安。在持续这样的状态中，不知不觉内心的不安感凝固了，停止了思想的挣扎。说得严重点，就是自甘堕落了。另一面，对待外界却格外地不可一世。让我想到了高山林公等。

其间，曾有人问我出去留学怎么样，我说应该有比我这样更适合去的吧，还是让那些人去好了。对方说，先不要这么说，出去看看也未尝不可。既然这样，那就去看看。然而，留学途中，渐渐变得不喜欢文学。读带有西洋诗等的作品，毫无感觉。若强求去"享受"其中，总感觉是让人空生出根本不存在的翅膀硬生生地去飞，或者说明明没钱却挂着有钱人的嘴脸行走在路上一般。刚好这个时候，池田菊苗君从德国过来，住在我的寄宿房间。池田君是个化学家，言语交流中发现他竟还是个哲学家。讨论间我们思想激烈碰撞，当时争论的情景至今仍记忆犹新。在伦敦遇见池田君，对我来说是一份莫大的收获。此后，我放弃了空洞的文学，开始考虑做一些更有体系更加实用的研究。着手向这个方向努力,准备回国后在国内完成整个计划,刚从欧洲回到日本,有人问我是否愿意在大学教书。于是,又进入了大学。(由于这对我刚刚提到的研究没有什么帮助,一开始还是拒绝了。)

话说回来,和正冈子规君一直以来都是朋友,在伦敦的时候,我把自己在别家寄宿各种为难的情况写信发给他,之后他便将此登载到了《杜鹃》上。和《杜鹃》其实一早就有了缘分,只是这个算是直接原因,在我回国时(当时子规已过世),编辑虚子曾委托我写点什么,于是就开始书写《我是猫》。然而,虚子读了之后,说这样不行。询问理由说了很多,现在已经全忘了,但当时觉得确实是这么回事,又开始重新书写。

这一次虚子非常赞赏并将它登载到《杜鹃》上,原本打算只此一回便收笔,虚子说很有意思请继续往下写,于是,不知不觉就写了这么长。就像这样,只是偶然写到这个程度,并未曾想过对当时的文坛要发出一些怎样的声音。只是因为想写就写了,想做就做了,换句话说,就是那个时间刚好抵达那样的状态。最开始动笔的时候,和最终完成的时候想法差异颇大。文风等也不愿模拟他人,就尝试了这样的风格,仅仅如此。

不管怎样,就这样一路走来直到今天。综合考虑上述的一切，我对于任何事情都不积极，这么一想连自己也觉得很惊讶。进入文科学习是由于朋友的推荐，成为教师是听从别人的建议，去留学、回国进入大学就职、进入《朝日新闻》、写小说——全部都是这样。因此，像我这样的，从另一方面来说，是诸多他人"创造"产生的。

（梁维　曹珺红　译）

我的个人主义

——大正三年(1914)十一月二十五日学习院辅仁会演讲

这是我第一次来学习院大学。从前只知道学习院大学大概在这个方向，虽然位置与我想的一致，但贵校的具体地址我并不十分清楚。今天应该算是初次造访。

正如方才岡田先生介绍的那样，早在今年春天贵校就邀请我来做讲演，因那时有其他事情无法抽身——具体事由岡田先生也许比我更了解，方才他已尽力向大家说明了原委，希望能得到诸位的谅解。上一次的演讲也终未如期进行，对此我向大家深表歉意。在下深知仅仅道歉亦是不够的，我希望能把今次到贵校演讲之事作为补偿。

此前，为谨慎起见我向岡田先生询问了演讲的具体时间，他回信说今年十月。我心里默默细数，从开春到十月时间充裕，准备演讲一定没有问题，于是满口答应了十月演讲的安排。偏偏事不凑巧，九月我病倒了整整一个月。我的病虽不用完全卧床静养,但因久病身体虚弱,连走路都是步履蹒跚,上台演讲当然是不太可能了。不知不觉便到了约定的日子,我心中一直挂念与诸位的约定,因此每天都担心有人来询问演讲的事情。

又过了些日子,我终于恢复了元气,慢慢好了起来。直到十月末,我一直未收到任何要求我来演讲的通知。虽然我没有告知贵校自己生病的事,但有两三家报纸做了相关报道,因此我一直暗暗揣测——兴许大家得知在下有病在身,已找别人做过演讲——借以安慰自己。不想某日岡田先生忽然到访,我记得那天他是穿着长雨靴来的(许是因为那天下雨)。岡田这样一身装束,冒雨来到早稻田大学的校园深处见我,只为转达:“之前说好的演讲已延迟到十一月末,还请按时赴约。”原以为自己已经躲过了此次演讲,听到这个消息不免有些感到意外。不过好在还有一个月的时间,在这期间我一定能准备好演讲内容。于是,我又一次满口答应了下来。

从今年春天到十月,再从十月末到十一月二十五日,这期间本应有足够的时间去整理系统的演讲内容,但因自己身体总是不好,一考虑演讲的事情就觉得烦闷不已,因此心里便起了偷懒的念头,安慰自己到了十一月二十五日演讲当天应该会有办法的。就这样,时间被我稀里糊涂地耽搁了,终于拖到了演讲前的两三天。虽然知道必须得做些什么,但是一想这些就不免心生烦恼,于是我开始画起了画儿。说起画画儿,或许大家会认为我能画出什么了不起的大作,其实我就是画些无趣的东西,然后将这些幼稚笨拙的画儿贴在墙上,两三天一直呆呆地盯着那些画儿发呆。昨天竟有人跑来,大赞我的画作,说是画得非常有趣。——不对,他当时不是说有趣,记得他说的是看得出你画这幅画儿时心情不错。听到这里我急忙向那位男士解释,这画儿并不是我心情好时画的,相反是心情极其糟糕时画的。在这世上,当我们遇到令人无法按捺的愉悦场景时,有些人就会将这些画成画儿、写成书,抑或是写成文章。与之相对,也有人正因为难过,为了想方设法让心情变好,才拿起画笔去画画儿或是写文章。这两种人的动机虽不同,但两种完全相对的心理状态,表现在结果上却是如此的一致,这让人不可思议。上面这些话与此次演讲内容无关,只是话说到那里顺便解释了一下,不再深谈了。总之,演讲前的日子我就这样整日凝望着那些无聊的画儿,丝毫没能构思出演讲的内容,时间就这样一天天地过去了。

终于到了二十五日,无论我是否愿意都必须站在这里为大家演讲了。于是今早我才大致整理了思绪,因此准备得不够充分,恐是不能满足大家,还请多多包涵。

虽不知贵校的辅仁会是从何时兴起发展至今，但该组织时常请人来做演讲这一惯例，在下认为没有丝毫不妥之处。从另一方面来看，无论从哪里拉来什么样的人做多少次讲座，要听到诸位所期待的有趣内容，并不是件容易的事。依在下看来，大家只是非常珍视那些来演讲的人罢了。

说到这里，突然想起从单口相声演员那里听到的一则极具讽刺意味的故事。从前，有两位大名在目黑附近狩猎，四处寻猎之后饥饿难耐。偏巧他们随身没带什么吃的，随行的仆人又没跟上。腹中空空作响却没有得以充饥的食物，二人只得跑到附近村子里讨食。他们来到一户住着一对老夫妇的寻常百姓家，老两口看这二人着实可怜，就把自已吃剩的秋刀鱼和麦饭热给他们吃。二人以秋刀鱼做菜就着热乎乎的麦饭饱餐一顿之后便告辞离开了。第二天，这两位大名脑海里仍萦绕着昨日秋刀鱼的香气，好似扑鼻而来让人无法忘怀。于是，其中一位大名邀请另一位大名，请他到自家品尝秋刀鱼饭。大名家的仆人们接到制作秋刀鱼的旨意，各个惊讶不已，不知如何是好，因为秋刀鱼是普通百姓家里日常的食材，怎么能用来招待大名家的客人呢？可又不敢违背主人的命令，仆人们只得吩咐厨师剔除鱼身上的每根软刺，再用甜料酒腌制，之后将鱼肉焙烤得外焦里嫩。当仆人端着自认为用心烹煮的美味来到二位大名面前时，两位大名丝毫没有当初的饥饿的感觉，再加上这过于细致的烹饪方法，早已让秋刀鱼失去了它原有的风味。二人只是拿筷子碰了碰那鱼肉就不想再吃了。就这样，便得出了所谓秋刀鱼只有目黑的最好吃这样奇怪的定论。故事就此结束。在我看来，诸位在学习院这样出色的大学学习，接触的也都是些非常优秀的老师。却为了听像在下这样的人做讲演，从春天等到秋末，我想这就好比那些大名吃腻了山珍海味，偶尔也会想要品尝一下目黑的秋刀鱼一样吧。

有位叫作大森的教授几乎与我同年进入大学教书，他曾经跟我诉说，自己因学生不认真听课而非常苦恼，总觉得学生不够努力，总觉得学生哪里不太配合。依稀记得他说的是某所私立学校的学生，并非贵校。那时我对大森教授说了很是失礼的话。现在再次提起此事我仍旧感到很是羞愧。记得当时我对大森教授说："恐怕全世界都找不到能认真听您讲课的学生吧。"可能当时大森君并没有完全理解我的意思，总之为了防止误会，利用今天这个机会我想向他郑重致歉。我们的学生时代和在座的诸位年岁相仿，或者比诸位稍大一些。与大家相比那时的我们很是懒惰，可以说没怎么认真听过老师的讲课。当然这主要是说我和我周围的人，并不适用于大多数学生。如今回首我的学生时代，依稀记得老师也曾抱怨我们不认真听课。实际上表面看起来温顺听话的我，绝不是能够认真倾听老师讲课的学生,我始终是个懒惰贪玩的家伙。怀揣这样的记忆再看如今认真的学生们,我是无论如何也没有勇气像大森那样训斥他们的。正是因此,才会一不小心对大森说了那样蛮不讲理、对不住他的话。今天虽不是为了向大森道歉才站在这里,但正好当着大家的面向他赔罪了。

不知不觉话又绕远了,让我们重返今天的话题,按照条理如下说来:

在座的各位,考进这么出色的学校,有非常优秀的教师专门指导,且每天都能听到各位教授独具特色的讲座或是授课。可大家却特意找来像我这样的家伙,要听我的讲演。这不正如先前故事里那两位品味目黑秋刀鱼的大名。在我看来,归根结底还是因为新鲜,所以才想要浅尝一口。实际上,与我这样的家伙相比,诸位每天都要面对的那些专职教授,更能为大家传授有益的知识,所讲的内容也一定比我的有趣。以在下为例,假设我是贵校的教授,要与大家每日相见,对大家而言就没有了新鲜的刺激感。如果是那样的话,恐怕没有这么多人在这里聆听我的演讲了吧。无论是热情也好,好奇心也好,想必也都不会有了吧。

若要问我为何做这样的假设,那是因为我曾经真的想要成为学习院大学的教师。虽不是我主动与贵校联系,但得到了一位在贵校工作的朋友推荐。那时的我即将大学毕业,是个连如何谋求生存之道都尚不知晓的家伙,丝毫不谙世事。但我们终要步入社会,终日无所事事只是等待,将会连房租都付不起。姑且不说能否成为教育家了,为了找个容身之处,我便按朋友所说,开始以进入贵校为目标努力起来。那时我有一个劲敌,但朋友总说,我来贵校教书的事应该没什么问题。我单纯的以为已经得到了任命,开始向人打听教师的着装。当听说男老师只能穿晨礼服(一种黑色上衣搭配不同颜色条纹裤的燕尾服)才可进入教室,便在事情还没有最终确定之前,开始定做礼服了。那时的我甚至连学习院这所学校在哪都不是很清楚,这真是非常的可笑。礼服终于做好了,孰料我指靠的学习院大学最终却没能录用我。后来听说是另一位男老师填补了贵校英语教师的空缺,那位老师是从美国留学回来的,如今我早已不记得他的名字了,也没有因此事感到多么遗憾。如果当时录用的不是那位留美教师,是我碰巧成了学习院的老师,并且一直工作至今,也许就不会受到大家如此盛情的款待,更没有机会像现在这样高高在上地同大家讲话了。诸位之所以能从今年春天等到十一月末,等着我来讲演,不正是因为我落选了学习院的教师,才受到如同那目黑的秋刀鱼一样的珍视吗?

接下来,想向大家讲讲落选学习院教师之后的我。这不仅仅是顺着话题继续往下讲的缘故,主要是因为我认为这和今天演讲有关联。

当时我虽没能应聘上学习院大学的工作,但为了这份工作订制的礼服我却是穿上了。除此之外我当时也没有其他可穿的正式着装。那时与现在不同,就业环境很是宽松,也许是当时人才比较匮乏之故吧,无论哪个方面都能找到相应的工作。就连我这样的家伙,竟然也同时收到高级中学和高等师范两家学校的邀请。由于我一边模棱两可地向为我介绍工作的前辈承诺可能会去高级中学,一边又与高等师范学校保持着联系,终于事态发展到难以收场的地步。我因为年轻不经事,又不够圆滑,终使自己陷入困境,左右为难。一方面身为高级中学资深教授的前辈将我叫到身边,要求我去他那里工作;另一方面的学校也找我商量工作的事情。夹在中间的我不知如何自处,遭到了谴责。年轻气盛的我冲动之下决定索性将双方都拒绝了,并着手准备相应手续。不想某日我接到一通邀请我去面会的信函,那是时任高级中学校长、如今担任京都理科大学校长的久原先生发来的。我匆忙赶到时看到在座的还有高等师范学校校长嘉纳治五郎先生以及引荐我的前辈。商谈之后久原先生对我说:“不必和我们客气,您还是去高等师范学校吧,那样也许更适合你。”事情发展至此,心里虽然有些不情愿,但已无法拒绝,不得已我应承了下来。现在回想起来,能去高等师范学校真是难得的机会,可当时的我还不以为然。与嘉纳校长初次见面时,他便要求我身为教育者成为学生的楷模,我立即便觉得自己无法胜任这样的工作,因此踌躇不定。嘉纳校长是个能言善道之人,如果我直接拒绝,他定会以"您这么谦虚,令我们越发想让您这样的人才到我们学校工作了"等话语来挽留。就这样,虽然我丝毫没有想要兼任两所学校的贪欲,但涉世未深的我还是给周围的人添了不少麻烦之后,决定去了高等师范学校。

从一开始我就发现自己缺少一种成为伟大教育工作者的资质。在日常教学中我终日战战兢兢,无所适从。嘉纳校长甚至劝解我,不要过于老实否则会受困其中,应当强势一些。可我无论如何都觉得自己不是那块料。毫不夸张地坦诚地说,当时我甚至觉得自己就如同在点心铺帮忙的鱼店小伙计一般可笑。

一年后,我选择去了乡下的中学任教。那是一所位于爱媛县松山市的初级中学。诸位听到我说松山的初级中学就笑了,大家应该都看过我写的《哥儿》一书吧。曾经总有人跑来问我,书中那个外号"红 T 恤"的人究竟是谁?究竟是在说谁的事呢?当时在那所中学能称得上文学士的只有我一人,如果《哥儿》里的人物需要与现实一一对应的话,那么红 T 恤正是在下我了。于我而言能成为书里所写的“红 T 恤”还真是不胜荣幸。

在松山我也只是待了一年而已。离开时知事也来挽留我，但因早已谈好了新东家，最终还是拒绝了知事的挽留离开了松山。就这样我来到熊本的一所高级中学任教，并决心在这里安定下来。依照以上顺序，我便有了从初中到高中、从高中到大学的任教经历，仅是没有尝试在小学和女子学校教过书。

我在熊本工作了很长一段时间。不记得是在来熊本的第几年，我突然接到文部省的内部信函，问我是否愿意去英国留学。起初我本打算拒绝这份邀请，只因我认为像自己这样没有任何抱负的家伙，即使去了国外，也不会对国家有多大的帮助。然而，为我传达文部省密旨的副校长却认为，是否有用是对方该考虑的事情，我没有必要自我评价，无论怎样我都应当一试。就这样我没有任何反抗的理由，只得奉命去了英国，但结果如我所料终是一事无成。

为了说明这点，必须向大家介绍那之前的我。如此介绍也正是我们今天演讲的一部分，所以恳请大家耐心倾听。大学阶段我的专业是英国文学。兴许有人会问，英国文学究竟是什么？这个问题，就连专门研究英国文学三年之久的我也无从解答。记得那时有位叫杰克森的老师，我在那位老师那里读过诗、念过文章、写过作文，常因句子里少了冠词、发音不准确等问题遭到老师的训斥。那时的考试，总考一些诸如：华兹华斯是何年出生何年去世，莎士比亚的对开本小说共多少卷，或是让我们按照年代顺序排列司各特的作品。诸位年轻的朋友们，你们应当能够判断这究竟是不是真正的英国文学吧。先不说英国文学，就连文学为何物都无从知晓。那么凭自己的力量能否穷其究竟呢？这个问题的答案，就好比盲人从篱笆墙的缝隙看东西那样，到图书馆再怎么徘徊都无法找到线索。这不仅仅是因为我们能力有限，缺乏与之相关的书籍也是原因之一。总之通过三年的学习，我最终也没能明白究竟什么才是文学，这可以说是让我苦恼的首要原因。

我就这样迷迷糊糊地步入社会成为了一名教师，不对，应该说被大家生拉硬拽地当上了教师。幸好我所教授的是外语，即使拙劣也勉强能够应付。日子就这样一天天平安无事地度过，但在我的内心深处常常感到无比空虚。空虚之外还有些说不清道不明的东西，这些东西紧紧地包围着我，让人无法忍受。原本我对教师这个职业一点兴趣也没有，一开始就知道自己欠缺教育者应有的特质，发展到最后竟然在教室教英语这件事也令我沉重不已。也许空虚会令人痛下决心吧，我蓄势待发寻找机会，准备投身于自己本该从事的行业。不过到底什么是我本该从事的行业呢？我该奔向何方呢？我不知该投身何处。

既然来到这世上就必须得做些什么，我虽然这么想，可不知自己究竟要做什么才好，丝毫没有头绪。我就好像一个被浓雾笼罩着的人，孤独地呆立在那里动弹不得。我知道与其祈求一缕阳光射进，倒不如自己有一盏探照灯，哪怕是一道微弱的光线，希望能通过它辨明方向。然而非常不幸，我无论望向哪里都是一样的混沌、一样的模糊不清，我觉得自己就像一个被塞进袋子里无法出来的人。哪怕手里只有一根缝衣针，我都想要试图扎破某个地方找到突破口，借以去除这恼人的焦躁。只可惜我既不能指望能从别人手里得到这根针，自己又无处寻找。我只能在心底里默默地思寻未来，无以名状地终日郁郁寡欢地活着。

我就是这样怀揣不安地念完了大学；又带着这种不安从松山辗转至熊本；甚至将这份不安埋藏在心底，远赴重洋到了英国。在国外留学的经历，或多或少令我意识到一些新的责任。因此，我想尽可能地努力去做些什么。但，无论读什么样的书，依然无法使我从牢笼中解放出来。我走遍整个伦敦想要找到那支帮助我破茧的缝衣针，可是仍旧一无所获。独自一人在寄宿的房间里苦思冥想，突然觉得到现在为止自己所做的一切没有任何意义。无论读多少书，都无济于事。

我甚至开始质疑自己读书的意义究竟何在。

直到这时我才得以顿悟。“文学究竟是何物”这一概念只能依靠我们自己的力量来建构,也只有这样才能使我们得到救赎。之前我们完全是他人本位,好像无根的浮萍漫无目的地四处飘浮。时至今日才总算明白这样是万万不行的。这里所说的他人本位,就好比拿自己的酒让别人去品鉴,之后将别人对酒的品评作为唯一标准而不管这评价是否正确。这也就是所谓的模仿。听起来这很愚蠢,可能人们会质疑到底有没有人会这样行事。然而,千真万确,事实的确如此。最近路易柏格森呀欧肯之类的人成为了热点话题,这只是因为在外国人们正在谈论他们,日本人便跟在后面鹦鹉学舌般地凑起了热闹。只要是西洋人谈论的,无论是什么都会有人盲目跟风,并以此为傲。满嘴是洋文单词配凑的词句、四处吹嘘并洋洋自得的人比比皆是。这并不是在说别人的坏话,实际上我自己现在也是如此。一个日本人读了某位洋人对另一位洋人作品的评论,不管这个评论是否正确,也不问自己是否有同感,就开始四处随意宣传。把这说成是囫囵吞枣也行,也可以说是机械地套用知识。我们把别人的东西拿来,在根本没有消化理解的情况下当成自己的思想四处宣讲。然而,世风如此,我们还往往对此大加赞赏。

然而,无论受到怎样的赞赏,因为拿的是别人的东西,内心总是不安的。毕竟让自己得意的羽毛是从孔雀那里借来粘在身上的。因此,我开始意识到,如果不舍弃浮华回归真实的话,无论何时内心深处都无法安住。

无论西洋人称赞一首诗歌有多么了不起,或是多么地押韵上口,那都是他们的见解。并非我们不能借鉴,只是倘若我们不那么认为,就不应当模仿他人的语气去评价。身为一名有独立人格的日本人,绝不是英国的奴隶,这是我们作为国民的一员必须具备的见地。即便是从尊重世界共通这一事实道义来讲,我们也不能曲解自己的观点。

可是,我也做不到这一点。我是学英国文学的,每当英国评论家的观点与我相左时,通常我都会胆怯地退到一边。为此,我开始意识到我们首先必须探究产生差异的根源所在。追溯风俗、人情、习惯以及国民性格,这些都是差异产生的原因。普通的学者往往将文学和科学混为一谈,误以为甲国国民喜欢的东西一定会得到乙国国民的赞赏,误认为这是必然的。然而,我们可以肯定地说这是错误的。即便我们无力消除这种差异,至少我们应当向人们说明差异所在。如果能阐明差异,仅这一点就足以为日本文坛带来一线光明。——留学期间我初次意识到了这个问题。虽然觉悟迟缓,令在下惭愧至极,但事实如此,请恕在下直言不讳。

自此为了确立自己在文学上的立场,更准确地说应该是重建吧,我开始阅读文学以外的书籍,终于悟出了"自我中心"这个四字概念。并且为了例证这一概念,我开始专注于科学性研究、哲学性思考。如今时代发展已不同以往,但凡稍有头脑的人都能对这一事实有所领悟。可那时的我幼稚至极,加之社会也还没有那么的进步,所以我当时的做法实际上也是无可奈何之举。

自从攥住了"自我中心"这个信条,我开始变得强大。居然有了"他们根本不算什么"的气概。帮助我从茫然若失的困境中挣脱出来,并指导我今后前进方向的正是"自我中心"这四个字。

坦白讲,正是因为这四个字我才得以重新出发。像之前那样跟在别人后面一味模仿、虚张声势的做法是无法令人安心的。堂堂正正地将"别去模仿西洋人"的理由摆到他们面前,只有这样才能于人欢喜于己快乐。于是,我决心要凭借著书或其他手段达成这一目标,并以此作为我毕生的事业。

就这样我的不安完全消失了,我终于能用愉悦的心情眺望阴郁的伦敦,终于摆脱了困扰我多年的烦恼,那感觉就好比自己亲手发掘了宝藏一样。用之前的比方来讲,那段深陷浓雾无法解脱的记忆已成为过去,如今已经明确了应当前进的道路,只要向着这个特定的方向行进即可。

有这样的觉悟是在留学一年多之后了,那时我开始意识到身处异国是无法完成我的事业的,我决心尽可能多的收集资料,回国之后轰轰烈烈地干一番。虽说是偶然因素所致,但可以说和出国时相比,回国时的我干劲更足。

然而,刚一回国我就不得不陷入为衣食四处奔忙的境地。为了谋生,我整日奔波在高中与大学之间,甚至还在一家私立学校兼职代课。加之患上了严重的神经衰弱,最后我甚至沦落到要靠在杂志上发表毫无意义的文章度日的窘境。由于诸如此类的原因,我精心策划的事业只得半途而废。那些写好的文学论著与其说是我理想的纪念,倒不如说更像是失败的遗骸,而且还是个畸形的遗骸。打比方说更像是还未建成就因地震而倒塌的街道废墟。

但“自我中心”这个信念依然存在,并且随着时间的流逝,越发强大起来。著作性的事业虽以失败告终。但“以自己为主,他人为辅”的信条确实为当下的我增添了莫大的自信与安心。我甚至觉得正是为了继续那份事业,自己才能生存至今。实际上,我之所以能站在如此高大的讲台上,向诸位讲演,也许正是因为那信念的支撑吧。

以上与诸位大致分享的,仅是我个人的一些经历,未必都能对大家有什么帮助,但如果能有些许参考价值我就很欣慰了。大家终将是要离开校园步入社会的,在座的诸位里有些是距离毕业甚远的同学,也有不久将步入社会的同学。但是无论是谁，应该时常能体会到我所经历的烦恼吧（即使类型不一样）。有人会像我一样想要冲出壁垒，却无法突破；也有人想要找寻依靠，却只是抓住了救命稻草，完全不靠谱而焦躁不安。当然我说的不包括已凭借自己力量开拓了前进道路的人，以及那些满足于追随他人想要循规蹈矩过日子的人。这样也没什么不好的（只要自己能让自己安心、能充满自信地生活下去也无妨），但如若你不是这样想的，那一定得凭借自己的力量开辟出一片属于自己的天空。之所以说是必须，那是因为若不如此，人生一定不会快乐，你只能行尸走肉般终日无所事事地活着。这便是我为何要拼尽全力向大家说明此事的原因，绝非有一丝想让大家以我为楷模的念头。像我这样微不足道的人都能意识到要去寻找自己前进的道路，哪怕这条路在诸位看来毫无意义也无所谓，哪怕受到大家批评或冷眼侧视，也丝毫动摇不了我的决心。我觉得我很满足。在此我再次重申，我自身从未想过因为有了这份自信与安心就可以成为诸位的榜样，可以要求诸位与我走同样的道路。还请大家千万不要误解。

这些姑且不谈，在下认为，像我经历过的这些烦恼，在座各位一定时常能够体会到，大家觉得呢？假设是这样的话，那么开凿出属于自己的矿山，难道不是做学问的人、受教育的人毕生、或十几二十年都应当遵循的事业吗？“啊！这里才是我应当前进的道路！终于凿中了！”能够从心底里喊出这样的感叹时，大家才能感到心里的踏实。此时坚不可摧的自信，与那胜利的呐喊将会一起涌上心头。也许已经有人到达了这样的顶峰，也许有人还在途中因雾霭而烦恼。无论付出怎样的代价，都一定要坚持到我们想要前往的终点。这并不仅仅是为了国家，也是为了我们的家人。我认为这是我们自身幸福不可或缺的一部分。如若大家走了与我同样的道路那就别无他法，无论在这条道路上遇到什么样的困难，都必须要把困难踩在脚下继续前行。——说是要继续前行，其实我们并不清楚前进的方向，除了毫无畏惧地勇往直前已经没有其他更好的方法。这样说我完全没有要将这些忠告强加于大家的意思，只是一想到这也许关乎大家未来的幸福，便无法按捺自己。倘若内心深处总是犹豫不决、左右摇摆、终日浑浑噩噩地活着，那么自己一定会痛苦到无法释怀，正是因为想到这些我才会忍不住去说。当然，有人说自己不觉痛苦，有人说已经逾越了这种痛苦，无论你是其中哪一种人我都深深地祝福你能够找到真正的幸福。如今的我踏出校门已有三十多年，依旧未能逾越这种痛苦。那痛楚虽是隐隐存在，却从未间断过。因此如果得了和我一样的病，如果您就在这当中，我衷心地希望您能勇敢地前进。如果真能到达我们所期盼的终点，你会发现这才是能够安住的地方，只有这样才能让我们拥有毕生的踏实与自信。

以上是我今天演讲的第一部分，接下来和大家分享今天演讲的第二部分内容。在普通百姓看来，学习院大学是那些社会地位较高的人才能涉足的学校，事实也的确如此吧。若正如我所说，普通百姓不上这里的学校，而是像诸位这样的一些上流社会子弟聚集于此的话，那么在诸位背后附带的首屈一指的便是权力。换言之，在座的各位比起普通百姓，在初入社会时，会拥有更多的特权。正如前面所说，毫无疑问，我们之所以要努力寻找矿藏，完全是为了自己的幸福，为了心里的那份踏实。那么，为什么只有这样才会让我们幸福与安心呢？那是因为只有将诸位与生俱来的个性融入这个目标才能使大家安下心来。与之相对，当大家安下心来向着目标前进时，才能渐渐发挥自己的个性。只有将这个目标与自己的个性结合在一起时，才可以说“这里正是能让我踏实的地方”。

与此相同，请大家仔细体会我所说的“权力”一词，所谓“权力”正是将方才我提到的个性强压在别人头上的道具。倘若断言它就是个道具的话，那么这道具将是一个能够使用的利器。

仅次于“权力”之后的便是“财力”。在座诸位一定拥有比普通百姓更多的金钱。如若把它也看成一刃利器的话，为了使自己的个性能够扩张,“财力”作为高高在上、极具诱惑的道具,将成为极其宝贵的可用之物。

如果是这样的话,比起贫穷的人们,权力和金钱的拥有者能够更轻易地将自己的个性强加于他人,或是将他人引诱到金钱和权力周围。这使得我们不得不说权力和金钱是非常有用的道具。正因为有了这样的力量,才会看上去一副了不起的样子。这其实才是非常危险的。先前讲到的个性,是说像学问、文艺、兴趣这类东西,都应当在我们寻找到内心能够安住的地方之后再开始发展。它的发展非常宽泛,不仅仅局限在单纯的文艺。我认识这样一对兄弟,弟弟喜欢在家博览群书,与之相对,哥哥则非常热衷于垂钓。在哥哥看来像弟弟这样不思进取、整日闷在家里非常不好。他甚至认为,正是因为弟弟不爱好钓鱼所以才会变得那么厌世。于是,决定强拉弟弟去钓鱼。弟弟虽然极其不情愿,但哥哥却命令弟弟必须跟他一起去。甚至已经扛起了鱼竿,还让弟弟帮忙拿鱼篓。弟弟只得硬着头皮跟哥哥去了,在垂钓时居然还钓到条令其作呕的鲫鱼,于是满脸不高兴地回了家。哥哥这样做就能按自己所想的那样改变弟弟吗？一定不会。甚至会让弟弟因逆反心理越发地讨厌钓鱼。也就是说垂钓与哥哥的兴趣点相互吻合,二者之间没有任何间隙,这便是哥哥的个性,但与弟弟却完全没有交集。这个例子不是说金钱的力量,而是在说明权力之威。哥哥欲将自己的个性强加于弟弟,强迫弟弟同他一起去钓鱼。当然有些时候,比如对待在课堂上听讲的学生、训练中的士兵,以及军队化管理的寄宿学校等,这些情况都无法避免地需要一定强制性的手段。不过,我的本意是想说明在座的诸位独立之后、步入社会时的情况,希望诸位带着这样的意图理解这部分的内容。

正如前面所提到的,在我们碰到自己认为好的东西、美好的事物,或是与自己兴趣点吻合的事,继而发挥自己个性的同时,总是容易忘记自己与他人的区别,总是会设法要让别人与自己为伍。这时如果我们拥有权力,就会像上文提到的那对兄弟那样,强迫别人做不愿做的事。如果再加上金钱的力量,一定会通过发散金钱使别人成为自己的朋友。也就是说想要将金钱作为引诱的工具,用其诱惑力将他人变为自己想要的样子。无论何种工具都是异常危险的。

因此,我常常这样想,大家应当安住在能够发挥我们个性的场所,这才是最重要的。如果找不到完全适合自己的工作就无法获得人生的幸福。我们尊重自己个性从而获得社会认可,那么对于他人也应当认可其个性、尊重其选择。在我看来,只有这些才是必要,且正确的。因为自己本性向右,就觉得别人向左是怪异的行为,这本身就是不合理的想法。在遇到那些原本就很复杂难以分辨善恶、正邪等问题时,如不借助精细深入的剖析是什么也说不清的。当我们无法分辨这些问题的时候就必须坚信,只要自己能从他人那里享受到自由,就要给予他人同程度的自由,必须同等对待每一个人。

近来,人们提倡自我、自觉。有人还以此为自己的任意胡为做挡箭牌,其中不乏劣迹累累的。他们一边提倡彻底的尊重自己的自我,另一边却对他人的自我丝毫不予认可。可我深信,如若具有公平的视角、正义的观念,在为自己的幸福谋求个性发展的同时,完全能够给予他人同样的自由。我们绝无理由去阻碍他人为了自己的幸福自由地发展个性。我之所以在这里使用了"阻碍"这两个字,是因为在座诸位中有很多人毋庸置疑地将来会处于可以"阻碍"他人的位置上。

追根溯源,这世上本就没有不必履行义务的权力。如今我站在这高高讲台之上,向下俯视各位,一小时也好两小时也罢,我保有要求大家安静倾听的权力。同时,于我而言,也必须要讲出让大家能够肃静倾听的内容。好,退一步说,即便我的演讲普通得不能再普通,我的态度或仪表也必须具备能够影响大家礼仪行为的威严。倘若因为我是客,大家是主人,才老老实实地听讲演。这种说法虽然也不乏为道理之一,不过那样的话就成了表面的礼仪,丝毫没有涉及任何精神层面,仅为一种习惯做法而已,于是也就没有丝毫议论的意义了。我们再试举其他例子来看。我想大家在教室上课，常有被老师训斥的经历吧？这世上若有只知道一味训斥学生的老师，那他一定是没有授课资格的人。作为“训斥”的补偿，教师一定会倾尽全力为学生传授知识。在拥有训斥权力的同时，同样也具备教授知识的义务。老师正是为了端正纪律、维持秩序才会充分使用大家赋予的权力。与之相对，也承担着与权力不可分离的义务，否则将无法将教师这一职业进行到底。

关于金钱也是如此。据我所知，这个世界上没有不懂责任的金钱所有者。用一句话概括其原因：金钱是非常贵重的宝物，它能够解决任何问题。比如，假设我在这做买卖赚了十万日元，就可以用它盖房子，也能用它买书，甚至可以用它游遍花街柳巷。就是说无论什么样的形式它都能改变，这其中甚至包括能够用其收买人的灵魂，大家难道不因此而感到惊慌吗？挥洒金钱，就能够完全掌控他人的道德心，就是说，金钱是能让人类灵魂堕落的工具。如果做买卖投机赚到的钱能够给道德、伦理带来很大的威胁，那我们不得不说这是一种很恶劣的应用。尽管如此，实际上金钱正在被这样恶劣地使用着，我们却无法应对。我们只能寄希望于金钱的所有者，希望他们拥有足够的道德心，在道义上善良地使用金钱。除此之外，再没有其他防止人心腐坏的办法。因此我想说，对于金钱的使用一定要负起责任来。应当培养自己拥有以下的理解见地——我如今拥有的财产,若将它这样用就会在这个方面产生这样的结果;那样用就会给那个领域带来那样的影响。应当要求自己负责任地处理我们的财富。因为只有这样我们才能无愧于社会,才能无愧于自己。

现将我之前所述的核心内容概括如下:第一,欲使自己的个性得到发展,就必须同时尊重他人的个性。第二,欲行使自己所拥有的权力,就必须要知道与此相伴随的义务。第三,欲炫耀自己的金钱权力,就必须明白与之相应的责任。

换个说法来讲:倘若不是在伦理上有一定修养的人,就不配发展个性,同时也不配行使权力、不配炫耀金钱。就是说,为了能安享个性、权力和金钱,就必须接受隐含于这三者之后的人格支配。没有人格支配随意发展个性,就会妨碍他人;随意利用权力就会滥用职权,随意使用金钱就会使社会腐败。没有人格的支配社会将呈现一片危机。在座的各位将会是未来最容易接近个性、权力和金钱的人,因此希望大家一定要努力成为有健全人格的杰出人才。

话说的有些离题,现在言归正传。众所周知,英国这个国家是一个非常尊重自由的国家。虽然是非常热爱自由的国家,却比任何国家都要秩序井然。实际上我并不喜欢英国,讨厌它是不辩的事实,因此也只好坦白地这么说出来。

但我不得不赞赏它，像英国这样热爱自由却又那么遵守秩序的国家，全世界恐怕没有第二个。日本是无论如何也比不了的。英国不仅仅重视自由，在热爱自己那份自由的同时，也很尊重他人的自由。为了能实现这种理想的状态，他们从小接受社会性教育。因此在他们的自由背后一定有一个叫作义务的观念紧紧相随。正如著名海军将领纳尔逊名言里所说的那样，“英格兰期盼人人恪尽职守”。他们将自由一分为二，除了自己那份内在的自由，也不能忽视他人外在的自由。同时发展内外两种自由，这是一种有着深厚根基的思想。

他们如果有什么不满，常常会去示威游行。政府非但不制止也绝不会做任何干涉。与之相对，示威游行的人们也会十分注意，尽量不去做那些会给政府添麻烦的事情。最近大家可能会在报纸上看到，关于女权扩张论者四处滋事的报道，那只是个例外。如果说当作例外例子太多的话，也只能这样理解了，没有其他更好的解释。结不了婚或是找不到好工作，再或者甚至抓住自古以来尊重女性的风尚不放，总之这些都不像是英国人平时的态度。破坏名画、在监狱绝食为难狱警、把自己绑在议会的长椅上故意大喊大叫的喧闹，这些现象都很令人意外，也许是觉得女性无论做什么都会得到男性的体谅，所以才会无所顾忌地这么做吧。但无论是什么样的理由，这些行为都是不合规则的。一般的英国性格，正如我所说的那样，是指在义务的观念范围内对自由的热爱。

虽不是什么都要以英国为榜样，但我认为没有义务心的自由称不上真正的自由。就是说，那些任性的，以自我为中心的自由，根本没有办法存活于世。即便是存在，也定会立刻遭到排斥，从而消亡。我衷心地期望大家在热切追寻自由的同时，不要忘记义务的存在。正是因为这样，我才能够直言不讳地说出“个人主义”这个概念。

对“个人主义”这一概念的理解是不可以有偏差的。尤其是对像大家这样的年轻人，讲了容易产生误解的内容，我深表歉意，恳请大家在这方面多多注意。由于时间关系，我尽可能简要说明，个人自由正如方才所讲是离不开个性的发展的，然而个性的发展又直接关乎在座每个人的幸福。因此尽可能不要受到其他的影响，即使左右背道而驰，也不能影响自由，我们要用自己的双手紧紧把握这份自由，不能将它赋予他人。这就是我所说的个人主义。在金钱与权力的层面上也是如此，我不喜欢那家伙所以就收拾他，看不惯那个人所以就要揍他一顿，像这样并不是因为他人做了坏事，就滥用金钱或权力的话会怎么样呢？这不仅完全摧毁了人类的个性，不幸必定也会由此而生。例如，我没有任何违法行为，就因对政府不满，总督察就命令警察查封我的家，这是什么行为？再比如，像三井、岩崎这样的富商，只因为不喜欢我，就可以收买我的家仆让其违抗我的命令，这又是什么样的行为？如果他们在钱势背后，多少有一点人格支配的话，绝不会这样蛮不讲理。

这些坏的影响，都是因为没有能够理解道义上的个人主义而产生的。只要通过权力或是金钱就能实现扩张自己的目的，这无疑是一种非常任性的行为。因此，“个人主义”，我在这里与大家强调的个人主义，并非世俗理解的那种会危及国家的内容。我将其解释为，在尊重他人存在的同时尊重自己的个性，因此我认为这是一个非常优秀的主义。

说得更易懂一些，个人主义就是没有党派心、是非分明的主义。是不结朋党与团体、不为权力和金钱而盲动的主义。正因如此，其内在有着不为人知的孤寂。没有派系、我行我素走自己的路，同时又允许他人有他人前进的方向，因此在某些时候、某些场合，个人主义会使人各自为营，因此寂寞就会油然而生。

记得在我负责朝日报社文学专栏工作的时候，刊登了一篇批评三宅雪岭的报道，作者我已记不清是谁了。当然这篇报道并非人身攻击，不过是普通的批评罢了，且只有两三行文字。什么时候刊出的我也不记得，但是我负责期间的事是肯定的。也许当时我因为生病，或是正在病中，再或者我并没有生病，而是我批准这一文稿刊登的，这些都记不清了。

总之，这则批评的稿子在朝日报纸文学栏里刊登了。文章一经刊载，便激怒了《日本及日本人》杂志的同人。他们虽没有直接跑来找我交涉，但有人向我手下一名员工提出撤稿的要求。此人并非雪岭本人。而是他的手下——说手下搞得有点像黑社会帮派似的——反正就是他的一位同人吧，要求我们无论如何都要撤稿。如果我们刊登的是事实报道一类的，当然就得另说，可我们是批评类的文稿，所以不存在撤稿的可能。在我看来，这是我们的自由，毋庸置疑。然而令人感到震惊的是，要求我撤稿的同时，《日本及日本人》杂志上几乎每期都刊载对我的批判稿。虽然他们没有直接找我交涉，但当我间接听到这些事时，心情不免难以言状的复杂。因为我们的所为属个人主义，而对方却是党派行为。当时我甚至在我自己负责的文艺专栏上刊登过抨击我作品的评论。可是，这些所谓的同人却愤慨于对雪岭先生的批评，这让我很惊讶，且觉得意外。非常抱歉我不得不觉得他们已经落伍了，他们像封建体制下的某种团队。想到这里，无名的寂寞涌上心头。在我看来当两个人的观点相悖时，无论关系多么亲密，都不能相互干涉。因此，在教导那些常聚到我家的年轻人时，除了特别重大的理由，我也绝不会抑制他们发表自己的观点。我非常认同他人的存在，即是给他人相应的自由。所以，即使对方因不满而对我大肆侮辱，我也绝不能请求帮助。这正是个人主义的寂寞之处。个人主义以人为本，在决定取舍之前，先明辨是非，再决定去留。因此有时难免会变得无依无靠、倍感孤独，个人主义本应是这样。但是，即便是散柴，只要扎成捆一样可以坚不可摧，因此我们很坚定。

接下来，为了避免另一误解，向大家说明如下：人们总觉得所谓的个人主义是与国家主义相对，是一种会将其摧毁的主义。个人主义并非那么毫无理由、随意乱来。我本不喜欢某某主义这一说法，人是无法用某一个主义来定义的。我们只是为了便于说明，才在主义这两个文字的背景下讲述各种各样的事情。某人宣扬，如今的日本如果没有国家主义就无法发展下去。甚至有不少人鼓吹如果不制止个人主义的话，国家就会有灭亡的危险。像这样荒唐的事情是绝对不会发生的。事实上，我们每个人既是国家主义，也是世界主义，同时也是个人主义。

作为个人幸福的基础，个人主义以个人的自由为主要内容。每个人都享有的这份自由，会像寒暑表衡量冷暖那样，依照国家的安危自我调节。与其说它是真理，倒不如说它是源自实践的真理，是自然而然产生的。国家临危时可以缩小个人的自由度，国家安泰时亦可扩大个人的自由。既然是具备健全人格的人，就不会在国家安危之时，还错误地一味朝着发展自己个性的目标前进。我所说的个人主义，是指那些即使火灾已经过去仍旧喊着需要防火帽、平安无事时仍觉得紧张不安的人们。

我再举另一个例子吧。从前我上高级中学的时候，曾经参加过一个协会。协会的名字和主旨已经记不太清了，总之那是一个标榜国家主义的很闹腾的组织，不过决非危害社会的团体，当时还得到时任校长木下广次先生的支持。会员们都在胸前佩戴徽章，不过不愿佩戴的我有幸也被收为了会员。虽然我不太赞同发起人所持的观点，但抱着加入也没有什么坏影响的念头还是入了会。当我们在一间宽敞的礼堂举行创立大会时，不知是什么原因，一位会员突然上台讲演似的长篇大论了一番。虽然同为会员，他与我的观点有着很大的分歧。之前我曾对该会的主旨做过猛烈抨击，因此这位会员趁大会开始之际在台上驳斥我之前的言论。不知他是故意还是一时心血来潮所为，但当时我觉得有必要对他的反驳发表一些辩答。现在想来，无论是态度还是举止当时的做法都让自己感到有些尴尬。在那位会员之后我马上站上讲坛，简洁地陈述了自己的观点后退出了团队。大家也许会问，当时我究竟说了什么。简单来说就是："国家固然非常重要，可是要我们从早到晚把国家挂在嘴上，一副被国家附体的样子，那可是我们永远也做不出来的。也许有人日常起居无时无刻不在考虑国家的事，但一刻不停地只考虑一件事的人，现实中并不存在。豆腐铺的老板四处奔波叫卖，绝不是为了国家在叫卖，其根本目的是为了自己的衣食。但他所做的结果却是在为社会提供必需的物品，从这点来看也许间接地为国家做了贡献。同样，我今天中午吃了三碗饭，晚上增加到四碗，这不是为了国家而增减的。老实说，这只是根据胃的情况而定的。但间接地来看，这种行为也不是对国家毫无影响。世界上大多数事物之间的确存在一定的联系。可是如果说当事人天天想着为了国家在吃饭、为了国家才洗脸，甚至是为了国家才去上厕所，这就太可怕了。为了推广国家主义无论做什么都不为过，但将完全没有事实依据的事情也打着为了国家的幌子，就是真正的欺骗。我的辩答大致就是这样。

一个国家，如果面临危险，当然人人都会去考虑国家的安危。反之，一个国家越是没有战争的忧患、没有遭受他人侵犯的担忧，国民的国家观念就会越淡薄，这是理所当然的事。由此而产生的空档也自然地由个人主义来填补了。如今的日本并不是那么的安泰，国小贫穷。因此也许不知道什么时候就会发生什么事情。从这个层面来看我们必须为国家着想。但是，即便如此日本也没有马上垮台的可能，更没有灭亡的忧患，因此当然也就没有必要到处叫嚣着为了国家、为了国家什么的。这就好像在没有发生火灾的时候认真地穿着防火的装束满大街乱跑一样。事情都是有度的,倘若真正爆发了战争,或是国家处于危急存亡的时刻,有头脑的人——已经积累了自觉为国家考虑的、有一定人格修养的人,自然会挺身而出。为了国家放弃个人自由、减少个人行为也在所不辞。因此,我深信国家主义和个人主义之间并不是任何时候都有矛盾、任何时候都互相排斥的。二者之间绝不是什么难以处理的关系。关于这一点我本想做更加详细的说明,但因时间关系只能讲到这里。最后想提醒大家注意,国家层面的道德远低于个人层面的道德。虽然国与国之间的外交辞令十分考究,却有失道德之心,净是些虚伪、欺诈、隐瞒真相的毫无理趣的东西。因为若以国家为标准,将其视作一个整体的话,就必须毫不在意地甘于接受这些低级道德。但从个人主义的层面出发来考虑的话,道德标准就必须变得更高更大。因此我认为在国泰民安的时候,更应该将道德心至上的个人主义放在重要的位置(我认为这才是道理)。关于这方面内容,因时间关系今天就不做过多讲解。

承蒙大家的邀请,在下有幸来到学习院大学登台演讲。今天主要为大家讲解了在生活中引入个人主义的必要性。这也是诸位在步入社会之后,或多或少能够借鉴的内容。以上所述内容诸位究竟能够理解多少我并不知晓。若有不明白的地方,恐怕都是因为我准备的不够充分,或是讲得不好。

关于所讲内容,如有含糊不清的地方,请不要妄下定论,欢迎到寒舍一起探讨。无论何时我都会尽可能地为大家说明,会想尽一切方法解答诸位的疑虑。如果各位能够充分理解我的本意,我将无比欣慰。内容太过冗长,还望大家见谅。

(魏海燕　曹珺红　译)

留级

那个时候东京只有一所初级中学，虽已叫不出学校的名字，但仍记得是和现在的高等商业学校相邻。我好像是十二三岁上下考进那所学校的，印象中比起现在的中学生，那会儿的孩子们都要小很多。中学分正式和非正式两种，正式校区和现在的普通学校没什么分别，非正式校区则更注重英语能力的培养。考入非正式校区的有历任京都帝国大学文科大学校长的狩野享吉、京都帝国大学总长冈田良平等学者。我上的是正式校区，和柳谷卯三郎、中川小十郎等人是同级。那时初中毕业要先上大学预科班(相当于现在的高中)，之后才能考大学。非正式校区更注重英语能力的培养，因此考大学预科班要容易很多。与之相对，正式校区英语较为薄弱，毕业后就必须补习英语，否则考不上大学预科班。这学上得了无生趣，不满三年我就休学去了三岛中洲老师的二松学舍。当时和我同去的还有如今小负盛名的京都大学田岛锦治、井上密等，以及前阵子战争中被俄罗斯俘虏的内务省官员小城等人，也在这所学校念过书。学舍极其简陋，教室的破旧恐怕是如今的人们无法想象的。地上放着的垫子破烂不堪、露出黑亮的棉絮，连桌子也没有，大家都席地而坐听老师讲课。需要轮流讲解时，大家就像玩和歌纸牌游戏那样，抽签来决定顺序。把细长的竹签放进竹筒里，然后摇签，学生们纷纷从竹筒里抽签，签上有编号，用编号来决定演讲的顺序。竹签的编号并不是简单的一二三，而是用中国古诗编写法里的平水韵来排序，如一东、二冬、三江、四支、五微、六鱼、七虞、八齐、九佳、十灰，满都是汉学词汇的序号。不仅如此，有时还会用去掉前边数字的只写着东、冬、江这样汉字的竹签。如果抽到写着“虞”字的签就是第七个，抽到“微”字就是第五个。一看汉字就得立刻明白顺序。学校每天早上六七点开始上课，整个氛围就像过去的私塾，一点没有学校的样子，但寄宿费却是非常便宜的。不过我没住校，只依稀记得住宿费每月只有两日元。

原本我喜欢汉学，阅读过很多汉学书籍。虽然我现在搞的是英国文学，但当时一提到英语就心生厌烦，连碰都不愿多碰一下。因此懂英文的哥哥总是在家一点点地教我。但他脾气暴躁，我呢，又非常厌学，没过多久就坚持不下去了，学完初级的内容就结束了英语的学习。后来我想明白了，在这样一个崇尚西洋的当今社会，只读汉学书籍成为汉学家也没什么用。当时的我虽然没有什么明确目标，但不甘心就这样虚度一生，就决定先考上大学学点东西再说。那时每县都有一个中学，从那里毕业的学生都能免试进入大学预科班。东京也只有一所这样的中学，特别校区的学生要考入这所学校相对容易些，而正式校区的学生得额外多学习一下英语才行。当时顺利考进大学预科班的很多人都去成立学舍、共立学舍、进文学舍——这些都是坪内先生他们在本乡壱岐殿附近开办的——这样的补习学校学习了英语。除此之外还有两三家类似的补习学校。我因为痛下决心要考入大学预科班，为此进了位于骏河台（现在大概就在苏我祐準中将家的隔壁）的成立学舍学习，用了差不多一年时间努力补习英语。本就是初级水平，突然进了高级班，要完整的学习斯文顿的万国史，开始时是一句都看不懂。但当时我决然将自己钟爱的汉学书籍一本不留地全卖了，全心全意地埋头苦学英文，终于渐渐明白了书里的意思。就在那一年（明治十七年）的夏天，我幸运地考入了大学预科班。

同一所初中的狩野、冈田等人，因为就读于特别校区很早便进入了大学预科班，而我们这些正式校区的学生则要迂回地上了二松学舍、成立学舍之后才能考入预科班。

经历了种种努力预科班总算是考上了，但自己因生性懒惰,还是一点也不爱学习。著名政治家水野錬太郎、后任东京美术学校校长的正木直彦、芳贺矢一等人和我同班,但与我们这些不爱学习的家伙不一样,他们都是些勤奋用功的学生。因此和他们没有什么近距离交往,感觉我们之间远隔千山万水一般。我想他们一定轻蔑我们这样一群懒惰没用的家伙吧,而我们也觉得与这些满脑子分数的人没什么好说的。我们奉游玩为真理,就那么懒散地生活着。

大学预科班学制共五年,其中预科三年,本科两年。三年预科所学的主要是数学之类的和中学一样的科目,只是稍难一点。那些生物学呀、动物、植物、矿物等课程全都用的是英语写的课本。因此当时的学生英语阅读水平比现在的高很多。但提及学生的学风却是着实差劲。与我们那时相比,现在的学生真是老实听话。那时我们净做些恶作剧的事情捉弄老师。比如搞一种叫"火炉攻击"的把戏。当时教室里都放着个取暖用的炉子,一般就在老师身旁。我们总是故意往炉子里填满木柴,把炉子烧得通红,搞得认真上课的汉学老师热得脸红得同炉子一般,我们躲在一旁看着老师通红的脸偷偷窃笑;我们总是趁着数学老师面向黑板认真为我们讲解时,拿着粉笔在他身后画奇形怪状的文字或图案;再或者开始上课之前,关闭教室所有的窗子,把教室弄得漆黑一片,然后悄悄地躲起来,把进来上课的老师吓一跳。我们整日热衷于玩这些把戏。

大学预科班三年的课程是分为三级、二级、一级三个年级的。最初的三级我以平均分 65 分的成绩勉强通过。好不容易通过了考试,可我依然不思进取。在升入二级不久,碰巧赶上大学预科班要与当时的工部大学及外国语学校合并,这三所学校合并后逐步发展成如今的高等学校,不过当时因机构兼并学校一片混乱。我那时不凑巧得了腹膜炎,没能够参加当年的升级考试。虽向学校申请了补考,但教务处的老师因为三校合并及其他事情忙得不可开交,根本没受理我的申请。我也是因此事终于认真反省了。教务处的老师不接受我的补考申请,也许是因为我成绩太差,或是因为太忙,但归根结底造成这样的结果,终是因为自己失信在先。人如果没有信用的话,在这世上无论什么事都无法完成,我们首先要得到他人的信任。要做到这点,只能通过刻苦努力地学习。越是这么想,越是觉得再也不能对自己从前吊儿郎当的生活置之不理,痛下决心一切从头做起。于是我不顾朋友们的再三劝阻,放弃补考,向学校申请留级,重修二级课程。仔细想想人真是个奇怪的生物,我开始认认真真地学习之后,发现从前那些一窍不通的东西如今也都能看懂了。就连从前压根儿听不懂的数学,现在也能很好地解答了。某日联谊会上,大家投票推荐,谁适合学什么学科,我居然被大家推荐应当去理科继续学习。原本我是不善谈吐、笨嘴笨舌的性格,心里想的事情都不能很好地表达。翻译英文时,即便是自己懂了其中的意思,也不能很好地表达出来。但仔细想想,没有什么事是自己明白了却说不出来的。于是,我下定决心无论什么事都大胆地说出来。之后即使说得不好我也尽量去说,这样一来从前在教室里不敢讲的话,现在也都能流利地说出来了。就这样,以留级为契机我革新自己,开始认真地学习。对我本人来说这次留级是一剂非常宝贵的良药,如若没有此次留级,我一直敷衍了事的生活,如今会是一个怎样的人根本无从知晓。

像前文中所说那样,我主动申请留级,重修了预科班的二级,之后升入一级学习。升入一级之后的学习多是一些与专业相关的课程。我选择了二部的法语,二部是工科,因此我还选修了建筑学。当时这么做的初衷非常有趣,童心未泯的我想问题总是和别人不太一样,做这个选择时的想法也是如此。我本来就是个怪人,如果一成不变地怪下去估计无法在这世上立足。要想在这世上生存,就必须想办法从根本上有所改变,可是如果我选择一个日常生活中不可缺少的、且非常重要的工作,那就不一定非要改变自己,就能继续按照自己的方式生活下去了。我想即使是我这样的怪人,如果有了适合的工作,人们一定会低头向我来请教,这样我就能糊口，就能生活下去。出于这样的考虑，我选择了建筑学。原本我也一直喜欢美术类的东西，从实用的角度将建筑美术化，也是我选择建筑学的另一个理由。

我由于留级与水野、正木这些朋友又近了一步。在我留级的班里有松本亦太郎等人，还有已故的一位叫米山的，他大学毕业获得了文学学士学位，是一位非常优秀的学生，当时在哲学系念书。兴许是念及和我的友情，看到身处建筑系的我，他常常给我一些忠告。当时的我立志要在日本造出金字塔那样的伟大建筑，米山却对我说了如下中肯的告诫："你学什么建筑呀！如今的日本，是不可能让你建造你所想的那种美术建筑来流传后世的。而文学就不同了，只要你努力，就有可能创作出流传百年、千年的大作。"当时我选择建筑只是考虑到自己的一己之利，而米山却能以天下为标准，被他这么一说我才恍然大悟，于是立刻改变了方向，决心从文。因为当时认为国学或汉学已然没有研究的意义，便选择了英国文学，直至今日。虽然搞了文学现在也觉得没多大意思，又萌发了学做生意的念头，当然我知道为时已晚了。最初突发奇想的我还想通过研究英国文学写出些英文大作，真是着实幼稚至极呀！

（魏海燕　曹珺红　译）

入社之词

我辞掉了大学工作，跑去朝日报社的这一举动引来了众人惊叹，其中不乏有人质疑我这么做的原因，当然也有人赞赏我的果断。虽然我并不知道自己到报社是否可以功成名就，但也不觉得辞去大学教师的工作转去报社有那么令人匪夷所思。如果有人说为了这种没把握成功的事情而放弃十来年的工作是鲁莽至极之举，对此感到诧异也是情理之中，就连我本人这么一想，也会不觉一惊。但是，如果说因为我为了报社而放弃了大学这样有面子的好工作感到诧异的话，那则大可不必了。大学校园应该是那些声名显赫的学者们扎根的地方；应该是那些令人尊敬的教授、博士们的隐世之处。在大学熬二三十年说不定能混上个政府要职，大学也许还有很多诸如此类的好处吧。是啊，这么一想，我也不得不说大学还真是个好地方。我虽没统计过究竟有多少人想要混入大学、爬上教授的位子，但若逐一询问一定会发现有这种想法的人数不胜数。我也想到这些才真正意识到大学的好,我也非常赞同大学是个好地方这一观点,不过,我只是说我同意大学是个好地方这一点,这并不代表我认为报社不好。如果你这么想我的话,就未免太过武断了。

可能你会说报社是做买卖的,可是大学也同样是做买卖的。如果不是买卖,人们就没有必要争着考博士、当教授了;就没有必要要求涨工资了;就没有必要争先恐后地去当政府要员了。大学同报社一样都是在做买卖,如果说报社搞的是卑贱的生意,那么大学也不例外。它们的差别仅在于,前者是民间个人行为,后者是政府行为,仅此而已。

我在大学任教四年。之前承蒙政府的恩赐,得以留洋学习两年,因此我有义务加倍回报国家在大学任教至规定的四年年限。今年四月,正好期满。如果这份工作能养家糊口,即使期满,我原本也是打算紧抓不放、宁死不肯放弃这份工作的。不曾想,有一天我突然接到了朝日报社发来的邀请,问我是否愿意去报社工作。当我问及具体工作内容时,对方这样答道:只需在适宜的时候,适量地写些与文艺相关的作品即可。对于我这种把文艺创作视为生命般重要的人来说,没有比这更难得的工作了;没有什么待遇比这更令人心情愉悦的了;没有什么职业比这更让我感到荣耀的了。原本我就不是身处可以考虑成功与否的境遇;也不是为了要当博士、当教授、当政府要员而拼命的人。

在学校上课时，总是因为恼人的狗叫声大为不快。我之所以课上得不好，多半是因为这狗的叫声。我从不觉得是因为我的学识不够，对于学生我深表同情，这一切都怪那条狗不好，有什么不满也请向那条狗抱怨去。

在图书馆的阅览室看新近的杂志或小说，可以说是在大学里最让人放松心情的时刻。可是因为工作太忙，总也抽不出时间去享受这份美好，着实令人遗憾。不过，每次去阅览室，旁边屋子里图书管理员总是在大声地讲话、喧闹、嬉笑。扰了这份清静是最不能容忍的。我曾上书坪井校长，非常冒昧地恳请他惩戒他们，但校长不予理睬。我的课之所以讲得不好，多半也该怪这个。我再次对我的学生们深表同情，这些都是因为图书馆和校长不好，有什么不满请向他们去抱怨吧。

报社的工作足不出户就可以完成。每天在书房里写写文章就算是工作了。我的住处附近可能也有狗，也一定有像图书管理员那样吵闹的家伙，可是这些都和朝日报社没有任何关系。无论多么不愉快，无论有多大的障碍，报社的工作我都会做得饶有兴致。雇工能够心悦诚服地为雇主工作，那是再好不过了的事呀。

在大学担任讲师，年薪是八百日元。因为孩子多，房租贵,八百日元是无论如何都过不下去的。没有办法,除了这份固定的工作,我还得奔波于其他两三所学校之间,只有这样才能勉强度日。生活中的疲于奔命让漱石我患上了神经衰弱。不光如此,我还得写些东西吧。如果你说我写作完全是因为我自己的喜好,那我得说几句,近来的我如果再不写些什么,似乎都感觉不到自己是否还活着。还不仅如此,为了教书,为了修身养性,我还得要读些书,不然无颜面对世人。正是因为这些,夏目漱石我深受神经衰弱的折磨。

在报社工作,是不允许外出代课赚钱的。不过,报社会给出足以糊口的生活费。只要能满足吃饭的需求,还有必要苦恼吗?于是,说辞职我便立即递交了辞呈。辞掉大学工作的第二天,骤然感觉如释重负,心肺似乎都比以往容纳了更多的新鲜空气。

辞去学校的工作后,我去了一趟京都。在那里会会老朋友,田野、山间、寺庙、神社,任何一处都比教室令我愉悦。树梢啼晓莺,我也索性放空心情,将四年来积压在内心的阴霾一扫而空。这些都是拜报社这份工作所赐。

人生感意气,功名谁复论。朝日报社给我这样一个怪人一个适合我的环境,为此我不胜欣喜,定当倾尽绵薄之力。

（魏海燕　曹珺红　译）

我的过去

金田夫人的家、二玄琴老师、车夫休息的脚行以及落云馆中学等等，这些《我是猫》一书中人们耳熟能详的地方位于根津的大观音像附近。苦沙弥老师的家也居于其中，门口连个名牌都没有挂。就在去年临近年末的时候，苦沙弥老师的家搬去了西片町。漱石在新家里堆成山一样的书堆中手捻胡须得意地说道：“你瞧，我们的新家可是二层楼哦！”话音未落只听走廊那边传来咯吱咯吱的声音，那只大花猫从推拉门上的破洞里探出脑袋，冲着这边喵地叫了一声。

虽然搬来这里已经很久了，可这只大花猫还是常常会跑回原来在千驮木的家。前阵子，它在回千驮木的路上小便时正巧被我逮个正着，带回了家来。家，还是旧的更令人眷恋啊。——唉，你这是在说我的家吗？小瞧我可是很不好哦。虽说我的老家只是江户附近偏远的乡下，可我毕竟也是地地道道的江户人哦。我出生在牛込的一个叫马场下的地方。

父亲是马场下町一个叫小兵卫的名主。家里没有做什么买卖。父亲这个名主,像村长一样忙忙碌碌,貌似收入颇丰。我的老家就在那个路口,就是三喜久井町站那里。在车站派出所的对面有一个叫小仓屋的酒馆,据说曾经在高田马场和仇敌决斗的堀部武庸也在这个酒馆站着喝过酒。从酒馆一路朝坡上走,不远处有一个旧货店。顺着旧货店旁边的小路再朝里走,就会看见一栋门楼破旧不堪的房子,那便是我的老家。现在也许那门楼早就没有了。不过,我家祖上可是名门望族哦,血统归属于战国时代名将武田信玄一族。如此显赫出身的家族后来却做出了背叛君主的丑事,只是已经记不清是第几代后裔所为。如今,老家附近的地名叫作喜久井町,据说是因为我家的家徽是井字形木框里有一枚菊花,父亲用“菊花井字”的谐音命名的。不过,这些都是明治初年发生的事了,所谓名主这类官职也只是那时才有的。

说起名主,主要分为可佩刀和不可佩刀两类,我早已忘了父亲是属于哪一类。只记得在一个名为相模屋的大当铺与酒馆之间有一排狭长的房子,那便是我的家。那个时候修建门楼可是名主们的特权。由此,名主有了一个奇特的别名,叫作“门楼大人”。想必家父也一定骄傲地应承过别人对他“门楼大人”的称呼吧。

我家的落败,是在明治十四五年前后。家中四位兄长个个都是浪荡公子，祖辈们留下的积蓄统统被他们挥霍一空，甚至连房子都落入别人手里。大哥在当时的大学研究化学，却因肺病去世。二哥是个地道的酒色之徒，整日穿着绫罗绸缎，不是去买艺妓就是去逛窑子，最终也死于肺病。三哥如今虽平安待在老家牛込，却不住在马场下町，马场下町的房子早已是别人的家产。

我就和这样一群吊儿郎当、自由散漫的兄长一同长大，甚至我的表兄弟当中也有花街柳巷的常客。可以说全都是神经错乱、自由散漫的乌合之众。成天里，有在模仿唱戏的，也有在学说相声的。我则是整日受大哥的监视。说起大哥，他也是位十足的浪荡公子。我呢，运气有佳，但没钱再加上没有过多的闲余时间，所以只能装成正人君子，手不离笔。孩子的时候也非常淘气，喜欢打架，常常被人训斥，说我是个粗暴的家伙。

翻过穴八幡那条坂道，径直向前就会看到一条通往源兵卫村的岔路。顺着岔路再往前走，就能看到诹访森林附近的一处地产，这片地是属于一位叫越后的殿下。桑木严翼的外婆家就在那里，他的外婆家好像是姓铃木，那个铃木家的儿子常常来我家玩。我家院子里有五六棵枝叶茂盛的枣树。这和《哥儿》里的场景相似，也许真就是这样。小说有位叫阿清的婆婆，待人亲切。我家里确实也有这么一位上年纪的女佣，对我很是疼爱。小说里有这么个情节，阿清婆送“我”钱包，“我”不小心将钱包掉进厕所，阿清婆专门为“我”去捡钱包。我虽不记得从自家女佣那里得到过钱财，但钱包那一段是确有其事的。我的一群发小里至今还能记住姓名的，就只有山口弘一一人了。只知道此人好像在学习院担任老师，再详细的也不太清楚了。

我一度上了中学，不过中途退学去了骏河台的成立学舍。之所以选择这所学校，是为了要进入第一高等中学预科班。在成立学舍结识的朋友当中，不乏一些日后声名赫奕的大家。后来，我顺利地考入了一高预科班。虽与山田美妙同级，但关系并不是那么亲近。与正岡子规也是此时成为朋友的，我们还曾一起写过俳句。子规比我更像个怪人，对不喜欢的人他总是一言不发，是个孤傲却不失趣味的男生。虽不知是怎样的机缘，但看起来子规是喜欢我这样的朋友的，我们很快便打成一片。在高年级，还有川上眉山、石桥思案、尾崎红叶等朋友。红叶是那种在校成绩不怎么好的男生，与我也没有什么往来。但那之后不久，他的小说便声名大噪。那时，写小说在我而言，虽是想也未想过的事情，但心里却很不以为然，觉得写出像那样的东西应该也不是什么难事。

应该是在大学三年级的时候吧，我去了如今的早稻田大学，那时叫东京专门学校，做了一名英语教师。当时要我给学生讲弥尔顿的一本名为《论出版自由》的书，书的内容非常难，那门课困扰了我很久。也就在那时，我结识了早稻田大学的学生藤野古白，他是我和子规的俳友，住在位于姿见桥附近的素人屋，那里因太田道灌那首描写山吹花的和歌而得名。素人屋与我马场下町的家，距离很近，我常去找他，与他一起辩论。想必大家也了解，他终因精神错乱自杀，英年早逝。在《新俳句》上我曾写歌一首只为怀念他。

忆故友古白，如春日之樱

那之后我辞去了早稻田大学的教师职务。这都是大学时的故事了。那期间我时而寄宿别人家中，时而回自己家住，总是不停地变换住处。我大学毕业是在明治二十六年。原本大学文科的伙伴们也因时代不同发生了很大的变化。高山带来了时代风潮的变迁。上田敏就属于变化后的时代，这一时期人才辈出。而我们则属于这之前的停滞期。

毕业后，我去爱媛县松山市的中学做了一段时间老师。在《哥儿》一书中，那个说着方言的中学学生，是我在松山时的伙伴。我虽没做过《哥儿》里写过的那些事，但书中的温泉、红手帕都是事实。说到这，我想起一件让我颇感为难的事情。松山中学里有一位和小说里外号山岚的老师一模一样的人物。很多人都说夏目漱石写的就是他。但是，我绝不是刻意那么写的，因此我只能闭口不谈。

之后，我从松山换工作到熊本的高等学校做老师，在熊本工作没多久，就接到了文部省要求去英国留学的命令，后留洋归来。如今，是在东京大学、第一高等学校及明治大学做讲师，日子过得异常繁忙。

提到相声，我是非常喜欢的，常去牛込肴町街那家和良店听相声。怎么说呢，因为我小时候喜欢评书，东京说评书的曲艺场我几乎都听遍了。毕竟是和那样一群哥哥们一起长大，生性喜欢玩乐，自然会喜欢相声评书这类东西。说到这里，忽然想起那些说相声的大家，在我还很小的时候就有幸听闻了许多大家的表演。那是因为距离我家不远，向穴八幡方向，有一位叫松本顺的人家。这家的主人是位赫赫有名的军医总监，在我很小的时候他家就常有各类戏曲、相声表演的艺人出入。

我的过去大致如此，这样的过去里面也夹杂着不少如今的自己。总之，似乎有着看上去还不错的过去吧。

（魏海燕　曹珺红　译）

模仿与独立

我今天突然造访实属意外受邀。

我毕业于这所学校，因而我和这所学校有着颇深的渊源。但迄今为止，我从未有过像今天这样收到辩论部的邀请站在大家面前发表演讲的机会。这一方面是因为我没有受到邀请，另一方面是因为我本人也无此意愿。事情的来龙去脉大概是这样的：刚刚介绍我的速水先生是我的熟人，以前是我的学生，现在是好友，哦不，应该说他是个名人。虽说是朋友，但并不是速水先生请我来的。今天我之所以来到这里，是受安倍能成先生的委托，他也是我之前的学生，现在也是个知名人士。据他说他和辩论部的各位颇有交情，所以他们通过他找到了我。起初我确实是想拒绝的，主要原因是近来脑子不大好使，更准确地说应该是我的大脑的运作方式不大适合在这种场合发表较为系统的言论。总而言之，因为怕麻烦，我当时便回绝了。然而也许是因为我的拒绝方式过于直白，当时我是这么推脱的：如果不是非讲不可的话，我就不去讲了，请见谅！言外之意就是说如果非讲不可的话我就去讲。后来想想，确实是我太老实了。事已至此也没必要再追究非做不可的原因为何，索性我便接受了此次邀请。安倍先生是位君子，属于那种拜托的事情就一定要让对方接受的君子。速水先生也不例外，但他是那种不拜托别人，反过来却会让人不由得为其着想的君子。鉴于以上原因，我出席了此次活动。之所以在演讲之前讲这些看似辩解的话，是因为我站在这里深感卑怯。一方面我觉得自己无法做到谈笑风生；另一方面也觉得即便讲出了什么问题，也不会像学校上课一般那么有条有理。就像安倍先生所说的，不论讲什么内容都行！希望大家能够听得开心。

我曾经在这所学校做过老师。我当年所教的学生恐怕都已经毕业，并无一人在座了吧。在座的你们可以说是他们的后辈或者是后任了。你们可千万不要以为，我在这间教室里曾经屡次三番地折磨过你们的前辈，就不把你们放在眼里，不加准备就能顺利地完成这次讲演。

我曾在这所学校任教四年，而且在那之前，我和大家一样也是这所学校的学生。具体在这里待了多少年我已经记不清了，但你们可别误以为是我留级了。我原本就没打算上这所学校。这所学校以前是一所补习学校，位置就在一桥

（东京地名——译者注）那一带，也就是如今的高等商业学校附近。明治十七年，应该是你们大家还没有出生之前我就来到了这里，原因是我那时没能考上学。正当我犹豫不决时，这所学校落成了。而搭上最早一班车的就是我了，更准确地说，应该说我是其中的一分子。当时我们的教室（文科教室）位于主楼的最北头，就是现在饭堂所在的位置，那大概是明治二十二年前后的事了。回想起来，和在座的各位相比，我们那个年代的学生十分粗暴，甚至可以说有不良少年的倾向。人人都自以为是地标榜要以国家天下为己任，当然也有人认为那是有魄力的表现。像我们这些上了年纪的人一说起现在的年轻人，就觉得自己年轻时特别了不起，但我却从未如此觉得。以前我不那么认为，现在当我站在大家面前时，我更不会那么想了。我觉得在座的各位远比我们那个时代的人要优秀得多。刚才速水先生还夸我如何了不得，但我觉得你们大家会更加有所作为。我们实则就是一些粗暴之徒，这里我给大家举几个例子。首先声明我此行的目的并不是为了讲这些而来，我之所以要讲，是为了对自己曾经所做的恶作剧表示忏悔，同时也希望大家引以为戒。我记得当时教室放有老师的讲桌。那时我们课间常常会买些糖豌豆来吃，吃剩的便放进老师讲桌的抽屉里。我们有位历史老师叫长泽市藏，我们给他起了个绰号叫作“卡帕德希亚”。这个绰号是有来由的。我印象中好像是希腊的一个地名,现在记不大清楚了。因为长泽老师在教授希腊历史时,一小时内会多次重复这个地名,大家便给他起了这个绰号。我记得这位长泽老师上课时,他总是要不断地在黑板上重复写这个地名。有一次,他想要找支粉笔写时,一拉开抽屉,满抽屉的豆子"哗啦啦"撒落了一地。当然,我们丝毫没有侮辱老师的意思,也不是故意那么干的。只是当时补习学校的风气如此。

现在大家在学校里都会穿着木屐。我一直以来也都是穿木屐的。这里就顺便跟大家讲讲有关木屐的一个故事。我初到这所学校时,校长是杉浦重刚老师。那时他大概也就是二十八九岁,年轻有为,是学校的风云人物。我入学没多久,学校便张贴出一张"禁止在校内穿木屐"的告示。所以理所应当,但我觉得没有必要如此这般。虽说告示贴出来已经过了一段时间,但我仍照旧穿着木屐上学。有一天,刚刚过三点,我想着也不会有什么人了,便大摇大摆地穿着木屐走在校园里。可刚拐过走廊突然碰到了杉浦重刚先生。我并不是个不懂规矩的学生,虽说气量不大,但还算是个循规蹈矩的人。这次偶遇让我顿时不知所措。我只记得自己飞快地脱下木屐,抓在手里一溜烟地逃掉了。就这样我才没有挨骂也没有被抓住。对于这件事我一直守口如瓶,未对任何人提起过,今天这是第一次跟大家说起。就在前不久,我有幸见到了杉浦老师,他也上了年纪。我向老师问及此事时,才知道自己一直误解了老师。原来老师是大力赞成在校内穿木屐的,他认为贴出那样的告示责任全在文部省。文部省对在学校里穿木屐的事情喋喋不休,但这丝毫也没有动摇杉浦老师的看法。听老师说完这些我不禁为之一惊,禁不住问其原因。他便娓娓道来:"木屐仅有两齿,即便在学校走多少路,也只可能在地板上留下两齿的痕迹。而穿鞋的话可是从脚后跟一直到脚趾,也就是说整个脚底都会留下痕迹。如果要将这二者的污染程度进行比较的话,显而易见是后者了。所以当时我大力主张穿木屐无妨,可文部省当局根本不理会这些,迫于无奈就只好贴出了那张告示。"他还笑呵呵地跟我说如果当时我没有撒腿就跑的话,他一定会当面大加赞许,真是可惜!想当年杉浦先生也就是二十八岁,正是年轻气盛的时候,想必也是大发言论恼杀了文部省的威风。所以大家可以试想一下那个年代,应该就能理解为什么会有如此多的捣蛋学生,他们的劣迹比起当今时代的粗暴之徒有过之而无不及。他们会把火炉烧得通红然后火攻老师,还会把教室弄得一片漆黑,让老师突然走进来却不知身居何处……我就是经历了如此种种之后才来到这所学校的。

我在这里待了两年,后来上了大学,之后很久也没有回来过。然后我又去了国外,回国之后又辗转回到了这里。虽说不上是衣锦还乡，却是以教师的身份回到了这里的。我的第一批学生就是现在的安倍能成他们这批人。后来我离开这里，大学毕业后徘徊不定，漂泊在熊本做教员时所教的学生中就有在座的速水君。当时我也没有什么名气，或者说还不懂得何为出名。总之从形式上来说我确实曾经做过速水君的老师。但因为本人不够出色所以也没能真正地教给他什么，也就限于课堂上以师生相称。坦白说当时我是刚到熊本，接手前任老师教授英语。当时用的教材似乎是埃德蒙·伯克的作品，十分晦涩难懂，是我十分厌恶的一类。即便是英语演说，只要英国人能听懂的，日本人查查字典也基本不成问题。可这本书是个例外，当时教速水君时就用的这本教材。也许是出于这个原因，以至于我脑子里一直有一个想法挥之不去，那就是自己不够出色。从那之后我基本都是教授英语，也积攒了一些经验。不过还是要利用今天这个机会跟速水君说明一下，虽说我的英语现在有所长进，但我还是搞不懂埃德蒙·伯克的那篇论文。如果你不相信的话，可以自己教教看。讲了这么多废话，真是浪费了不少时间。实话说，我就是为了让时间过得快一些，才说这些事情的。应该也不是什么大不了的问题吧。

接下来说说刚刚提到的演讲题目的问题。我这里还没想出一个像样的题目，因此希望大家听完后胡乱给安一个吧。总之我觉得这个题目不能太过简单,还要听着高雅才适合吧。来之前我也想过此次演讲的主题,但如前所述,时间紧迫,再加上又有客人来访,完全没有思考的余地。加之所讲内容也不值一提,不过还要耽误大家一会儿工夫听我一一道来。

最近我去参加了文部省举办的展览会。大家都知道,鉴于职业关系,即便在谈及一些一般琐事时我也会常常引用一些文艺方面的例子或者从中引出话题。所以如果有朋友对此毫无兴趣,我表示十分抱歉,但还是请大家体谅。那么我们继续刚才的话题,这次展览会之行让我稍有感触,我觉得索然无味。大家知道,对于文部省而言,我又是批评他们举办的展览会,又是谢绝他们所授予的博士称号,为此文部省方面大为不悦。此次展览会我也没有公开发表相关作品。我想就此次展览会上的日本画说几句。当然,有关西洋画的问题我也是有些发言权的。这个我们后面再谈。

首先说说日本画。可以说,在展览会上展出的日本画无一例外地让人感觉索然无味。当然仅仅说是无趣让人很难理解,具体来说就是太过平淡无奇。“技法出众”的本意应该是称赞手法很好,但我说的不是褒奖之意。我说的是过于的讲求技艺,即过犹不及。那么问题出在哪里呢?画家在绘画时就像手工艺人一样,仅凭手法而不是用“心”来完成的。我这么说对于那些画家们可能有些过于残酷，因此我不愿意公开发表言论。我丝毫没有谴责那些画家或者展览会的意思，也没想过要毁坏他们的名声。只是觉得有必要发表一下自己的所感所想。此次展出的作品，件件都是没有任何污迹、斑点，每一幅画都润饰加工得十分精美。其手法没有五年十年的功底是完全无法做到的，但如果说除此之外还能看出什么，我就无从回答了。如果用一种人来形容的话，我想绅士应该再合适不过了。何为绅士呢？就是一成不变。这不仅体现在他们的外貌，还包括其待人接物的态度及言行举止。他们温文尔雅，会伸手与人握手示好。下层社会的女性大都认为他们外形不错，但仅凭借外在让女人着迷的男人是不光彩的。首先，外形好的人很容易成为众人的焦点，同时也擅长说一些客套话，既不会过于生硬又无伤大雅，除此之外他们干净利落成熟稳重。这些固然不是坏事，毕竟和这类人接触远远要好过那些野蛮之人或者稍稍话不投机就大打出手的人。我没有谴责的意思，但如果仅此而已，是不能等同于人品问题的。之所以这么说是因为那些做尽坏事的人常常会强取豪夺，即便不做违法乱纪的事，但也多行大逆不道之事。然而往往是这样的他们一如既往地进出豪宅、开着豪车，待人接物依旧大方得体，让人咂舌。可他们的人品又如何呢？绝大多数都无法让人心悦诚服。这样的人，我们就无法将之归为绅士。实际生活中所谓的绅士似乎就是如此。当然其中不乏人品极佳的真正意义上的绅士,但至少有八成都是将人品抛在一边,只流于礼仪等形式上的绅士。而文部省展览会上所展出的作品大多属于后者,即便此类画作也不是任何人都画得出来的。我完全没有诋毁之意,当然也不含尊敬之情。只是觉得不够雅致,想必大家看过之后也会深有同感。而所谓高雅,并不是画画富士山、释迦牟尼像或者仙人之类的才算是高雅,即使画匹马或画只猫都同样可以高雅。不论是花草树木,抑或是多么微不足道的事物,高雅之物俯拾皆是。可这种高雅之作却全然没有出现在展览会上。反过来说文部省展览会实则是极度排斥此类作品的,他们要求展出的作品必须手法极好,无法达到该要求则无一例外落选。具体情况是否如此不得知晓。总之以上仅仅是我对此次展览会的一点感触,是我将展会上的画与人,具体来说是绅士进行比较之所想。

下面我想说说后来我还去过的一个画展。那是两位留洋回国的画家举办的。其中一位的作品以油画为主,与印象主义画派、古典以及 Rubens 风格颇为类似,属于法国画派。但从公平的角度来看,我认为那些作品没有任何特色。他只是在一味地在画别人的画,几乎毫无自身的独特之处。且不论技巧如何,这种作品想画多少都无妨,只是如此一来便愈发找不到自己的位置。而那场展览会向人们展示的恰恰就是此类作品。接着我又看了另外一位留洋画家的作品。他的画作品质很好,让人感觉十分踏实。总之是那种不论拿给谁看都不会印象太差的作品。我曾想买来其中一幅挂在书房做装饰,但最终还是作罢了。之所以我愿意买,是因为那幅画属于英国风格,绘制得十分细致,挂在书房作装饰丝毫不会显得突兀。但之所以想了半天最后还是没买,是因为他的作品一看就知是模仿的,虽已具备了相当的功底,因此会让人看着很舒服。然而,他的作品中挑不出一件只有他本人才能画出的作品。换句话说,我们可以选择其中任意一幅作为家中装饰,完全不用特意劳烦那位画家,只要拜托其他人也能画得八九不离十。

后来,我还去看了一位画家的画展,此人生活在日本,其作品的内容却是外国的。上面说到的前两场画展分别是在帝国宾馆和有名的“精养轩”饭庄举办,前去参加的宾客也大多是达官贵人,其中不乏身着长袖和服的年轻女子。我甚至在想,她们是否能够真正看懂那些作品!而第三场展览会则截然不同,首先举办地点在读卖新闻社的三楼,观众也大多是像我们这样的男士,有些看似奇怪的画家,有些像是广告中出现的人物,还有人身着长斗篷头戴尖帽子,甚至有些看似来自荷兰殖民地的人,总之都是些稀奇古怪的人。展出的画作也大抵是相同风格。总之，前来参观的观众中也没看到一位华服奢饰的，总觉得与那些画作似乎不够协调。但有一点可以肯定的是，这个画展的每幅画都有画家自己的特色。其中有一些颜色杂乱无章的画作想必应该是半成品，为此我心中便不由地对画者产生了同情，但同时更多的是敬佩。话虽如此，但他的作品也还不足以让我产生将其买回家装饰书房的冲动或念头。

绘画风格可谓各种各样，我想就此谈点我的想法。无论是在文部省的美术展上参展的画家或是从西洋学成归来的那两位画者，他们似乎都没有创作出有自己独特风格的作品；而上面提到的那位日本的画家，他虽然能做到这一点但他的作品却又都是一些半成品。以上仅限于我的感想。有关这点我们可以从哲理的角度进行分析，虽说有些牵强附会，但这样一来更贴合演讲的形式。主要问题就在于如何处理，处理得当的话这次演讲尚能满足大家的耳朵，反之就只能停留在这一层面。

人类是十分伟大的。我就这么站在这里，大家觉得如何？乍一听有些莫名其妙，但我还是想听听大家的看法。速水先生可能会称赞我是位了不起的人，可这不是我想问的重点所在。如果让我观察一个走在大街上的人，首先，我会觉得他是人类的代表，既不代表神也不代表兽类。而我也不例外，当我站在这里时，首先代表了人类这一概念，也就是说我可以为众多的人代言。这样一来也许会有反对的声音，有人会故意挑衅说你是只猫！如果真是如此，我会坚定的回绝你我是人类的代表。想必大家应该没有异议吧，好的，我们继续探讨。

但是如果你认为仅此而已就大错特错了。一个人在代表人类的同时，他还代表自身个体。乍一听很无趣但事实如此。我就是人类的代表，同时也为自己代言，既不代表你们，也不代表他们，我就是我，夏目漱石的代表。而此时的我不是一般意义的我，而是一个具备独特意义的存在。我就是自身的代表，而不是其他任何人，其中包括我的父母及孩子。

这样看来，人所代表的无非就是以上两类。听起来这种说法好像存在语病，其实应该说人可以一分为二。问题就出在这儿了，不解释清楚就无法理解。

那么，一个人作为人类的代表时具备何种特征及性质呢？首先，我觉得第一特征就是模仿。人本来就是相互模仿的动物，我本人也不例外。我就是模仿别人才有了今天的。我们家里的小孩也特别喜欢模仿别人。我有两个儿子，兄弟俩相差一岁，哥哥说要什么，弟弟就要什么；哥哥说不要了弟弟也作罢；哥哥要去小便，弟弟也跟着要去厕所……总之，弟弟什么都要效仿哥哥，已经到了无以复加的程度，是一个名副其实的模仿者。

我之前读过曼特伽扎写的一本书，名为 *Physiology and Expression*，其中就有很多与“每个人都是模仿者”相关的例子。由于本人记忆力有限，这里只举二三例予以说明。例如大街上有人撑开阳伞，旁边同行的女性也一定会效仿。大多数人一般情况下都会如此。再例如一个人在路旁抬头望天，人们就会三三两两地聚拢过来。那么天上又有什么呢？既没有飞船也没有其他东西！如果有人说天上有飞机的话，一定会有一大群人聚拢观望，到那时也未必就不会真的在天上找到飞机。

我们不得不感叹人类就是如此热衷模仿的可悲的动物。人类的这种模仿活动始于孩提时代，模仿的范围不仅限于以上所述琐事，还包括道德、艺术以及社会等各个方面。当然流行之类的也在其列。我小的时候，东京人是从来不穿萨摩碎白点花纹布的，因为那时只有乡下人才会如此打扮。可现在不相同了，几乎所有的学生都如此装扮，至于是出于廉价还是其他别的什么原因便无从得知了。还有一段时期有人喜欢将白色外褂的袋子从胸前打个结然后搭在脖子上，于是便有很多人纷纷效仿。我们年轻时都是穿着一个图样的和服外褂招摇过市，并因为自己的时髦而暗中窃喜。可近来外褂的图样已经变成了五个，形状也似乎呈现由大变小的趋势，不知现在如何。我之前置办的外褂的图样形状都比较大，为了紧跟时代潮流，也一度选择了较小的样式。由此可见流行会推着大家不断前行，但是并不是流行给人带来了压迫感，实则是大家在不断地向流行靠拢。作为一个模仿者，模仿几乎可以算得上是人类的本能，是自然而然而为之的。就像现在我们穿的这种西装，二十年前的款式就很难再穿出来。前一段时间我倒是看到有人穿，不过确实不怎么好看，有些不合时宜。再者，翻看二十年前的女性照片就更是滑稽，本来自己没怎么觉得，但仔细一看才发现，原来都是过于注重模仿的结果。因为人们对于不同于自己或别人的事物总会不由得感到奇怪。以此类推，不论道德还是艺术均如此。类似的例子举不胜举，由于时间有限在此我就不一一赘述了。总之，人类之所以如此热衷于模仿，都是出于自己自愿，而不是迫于压力，也就是说是出于喜好而为之的。

同理，社会上现有的法律、法则等都是源于外部的用于约束人们的行为的东西。在座的各位也一直在接受着这种“眉毛胡子一把抓”的教育，但是如果不这样做很多事情都难以处理，因此也是迫不得已而为之的，也就是说作为一种约束以维持教育的顺利进行。而所谓的约束、法则等同样适用于社会礼仪以及政治。例如吃饭时不能狼吞虎咽，这就是所谓的法则吧。接下来就是道德法则，这一点更是自不待言，就像借钱要还一样。同样艺术也有法则，这一点无论是从以往日本画、能乐或者戏剧舞蹈中都有所体现，死板、严格、烦琐且不可变动。这里原本可以举很多例子加以说明，但无法一一举例。不过省去例子的话势必显得枯燥无味，但我会尽快结束。

所谓的法则存在于社会、道德以及法律之中，而最严格的当属军队了。即便是艺术也具备相应的一种法则，而大家一直都在接受着来自外界的种种束缚，并默默地遵守着这一切。一方面人们都不由得想去模仿别人；而另一方面碍于法则，又不得不屈服于别人的压迫顺其而行。基于以上两种原因，人们已经失去了原本的特殊性，呈现出平等化的趋势。从这个意义上来说，我完全具备为全人类代言的资格。

而我在代表人类的同时也代表我本身。而从这一点出发的话，就应该将重点放在自主性而非模仿上。每个人想法各异，不能人云亦云看别人做什么就都蜂拥而上。例如，别人早餐喝粥我吃面包；别人吃荞麦面我吃烤年糕；你吃三碗我就吃五碗……种种类似的事例都不是模仿，反倒还常常出现故意为之的，这样则是万万不可取的。这个世界上有很多奇奇怪怪的人，他们总觉得普通做法太过乏味，所以总要和大家背道而驰。其中不乏有些人为了做广告扩大影响，不惜从一些普通小事中大做文章。于是有人试着蓄起了头发，还有人冬天却戴着夏天的帽子。诸如此类情况在这里的学生中比比皆是。但其中也不排除出于漫不经心而为的情况，总之那些故意在冬天戴夏天帽子的学生可谓是真正的怪人。而我在这里所说的独立性首先要去掉上述的“故意”，其次还要去掉“怪人”，自己没意识到的情况也排除在外。那么何为独立性呢？所谓的独立倾向是人与生俱来的。人类所具备的倾向一方面是模仿，另一方面则为独立自尊。要予以区别的话，可分成刁滑之人、老实人以及原本不会藏奸耍滑但因为不了解情况而偷懒的，这类人本应早晨八点起床，却往往一觉睡到自然醒，睁眼已是十点左右。这自然归属于自主性，但无疑不是件好事。虽说是任性耍滑，但也是天然使成，可以将之归于自主性，但这一点是必须要剔除的。最后剩下的就是大家常常说的诱惑了。大部分人都希望能和大家步调一致，但是我即便受到这方面的诱惑，也无法顺应它。就像是让一个腿脚残疾的人去参加军事训练，无论如何他也无法做到和大家步调统一，而对他来说是心有余而力不足。这就是所谓的自主性，但它不是体制上的一种需求，而是精神上来自内心的一种积极需求。这有可能体现在道德、艺术等方面，而说到精神方面的体现，这里举一个老套的例子加以说明。众所周知，和尚是不能吃荤娶妻的，但真宗是个例外，信奉真宗的和尚自古以来都可以吃肉娶妻。这可谓是思想上的大革命吧。现在想来,如果当初亲鸾上人没有如此伟大的思想和魄力,没有如此强有力的思想来支撑,最终是无法实现这么宏伟的变革的。换句话说我们必须要承认亲鸾上人是位十分独立自主的贤士。既然决定要做到这点就要求他一开始要有足够确凿的稳固根基,同时还要认定自己坚持的道路奋勇前进。但并不是说他想和大家保持一致,但转念一想又觉得无论如何也要吃肉娶妻才如此努力的。不论当时抑或是现在都是如此。他不仅要声明"要娶妻吃肉"这一言论同时还要身体力行,坚决执行。至于会遭受怎样的迫害便不得而知,但对于这些所谓的迫害首先要无所畏惧,不然又如何做一番大事业。这种时候才恰恰能体现一个人的自信以及临危不惧的精神。正是拥有可以震慑大众的威力和魄力,他才能如此成功。因此亲鸾上人在代表人类整体的同时,也是一个显著自我的代表。

刚刚所举之例稍显陈旧,这里再举一更新的例子加以说明。有一个挪威的剧作家叫易卜生,众所周知他主张的道德主义不同以往,认为古来有之的道德一无是处,原因是这些言论往往都偏向男性。他指出旧有的道德完全不重视女性,而是作为强势群体的男性滥用权力为自己谋取方便而制定的一种制裁或者说法则,同时无情地将女性这一弱势群体监禁在牢笼之中。因此易卜生将道德分作两类:男性道德和女性道德，这在他所著作品中也有所反映。其中最著名代表作为《娜拉》，这部作品中将易卜生作为人类代表的同时也为自身代言的特征发挥到了极致。这就不是模仿，我们不能因为古而有之的道德如此，就强迫自己认为它是正确的并且随波逐流。这不是真我的体现，每个人内心深处都有一个更加刚烈的自己。为此易卜生受尽了迫害，而他也确实是一个怀才不遇的人。不仅如此，与其说他作为全人类的代表，不如说他更多时候代表的是其自身。于是他离开故国四处漂泊，即便是偶尔回国也会招致不好的影响，为此他鲜少回国。偶尔回国的他由于无家可归也只能在旅馆借宿。当时丹麦著名文学史家勃兰兑斯曾提议为他举办一次欢迎会，却被易卜生婉言谢绝了。因为大家难得相聚一次且只有十二个人参加，勃兰克斯最终还是说服了易卜生。为了省去不必要的麻烦，欢迎会特意选择在易卜生当时投宿的宾馆，就类似于现在的帝国宾馆举行。当天勃兰克斯看着时间差不多时，便前去易卜生的房间。他敲门询问易卜生是否换好衣服，不想他身着一件衬衫，说根本没带衣服，也不打算换。俄国一带即便到了冬天室内温度也有二十多摄氏度，在家看书时脱掉外衣倒是无妨，但外出时还是要穿上外套的。“衬衫倒也可以，只是大家都是穿着燕尾服前来参加的……”勃兰克斯话音刚落，易卜生立即回应道自己根本就没有随身携带燕尾服之类的，如果非要如此就谢绝参加。勃兰克斯只好对他说“受邀请的各位都已到齐,如果此时主角不露面实在难以收场”,听罢,他才勉强同意去。当时还有一个问题。之前说过的参加人数定为十二人,可后来增加到了二十四人,易卜生知道了又不愿前去。总之,勃兰克斯为了让易卜生出席当天的欢迎会绞尽了脑汁,有关这点他也曾在自己的作品中有所流露。历尽千辛万苦总算把易卜生请到了欢迎会现场,不曾想这位老朋友却一脸不高兴,席间一直默不做声。类似此类的轶事趣闻还有很多,由于时间关系就说到这里。可见,无论是代表人类还是兽类,首先易卜生代表的是他自己,或者更为恰当地说他非常有自己的风范。总之他就是如此特立独行的一个人。这些话乍一听显得有些幼稚,但从当今易卜生的道德见解来看,我们不得不说他确实是站在模仿的对立面。

因此我们说人可分成两类。模仿和独立看似是红白对立的两个面,实则每个人都兼具这两面性。把人分成两类中的某一种类型,完全是大错特错的。果真如此的话就意味着其中一方只具备单方面的特征。持此观点的话,问题就讨论不下去了。我们说的有两类人,实际是说人具备两面性。即便再特立独行的人也具备模仿因子。站在模仿的角度来考虑,何谓模仿者呢?因模仿其实是对人的模仿,故模仿性一方自然在自我方面有所缺失，或者说即便有自我也缺少将其坚持到底的强烈勇气。与之对应，自主性一方当然拥有自身的一定的标准。这些标准往往是理想化的、超凡脱俗的，他们将其视为自己不可分割的一部分并将其展现出来加以贯彻实行，若不如此便寝食难安。自己的与众不同即便不被别人认同或受到责难，甚至让别人觉得古怪都不重要，关键在于他们总是坚定信念坚持到底。这类人往往是自主性过强，如此便无法和其他人步调一致，给人一种很难相处的感觉。举例来说，你要约他去澡堂洗澡，他会告诉你他要在家冲澡；问他要不要去散步，他会说要留下来打坐；问他要不要吃饭，他会表示自己要吃面包。这种过于自主独立的人会让人不知所措，甚至与他们共处一室都十分困难。这种让别人很难受的特立独行的人会不会觉得自己很可悲呢？当然不会。他们根本不会想这些问题，这才是真正的自主之人。与那些模仿之人、缺乏自我标准、不妨碍他人便安心的人相比，他们拥有自我这一点就应该得到大家的理解和尊敬。总之，我觉得应该理解、宽恕那些自主之人。

一直以来我都持有以下想法。那些偷了东西受到惩罚的人以及因为杀人走上断头台的人，他们都触犯了法律。而法律上的罪行实则为道义上的罪过，一般都会公开处刑。但如果能将犯人的犯罪心理路径真实地展现出来，从而让人们对此印象深刻,那么所有的罪过便足以一笔带过。而能让我想到实现它的最好方法就是描述真相的小说。如果真的有这种人,那么即便他犯下滔天大罪,只要能毫无保留地写出真实情况,仅凭这些他就足以修成正果。众所周知犯法必服刑。但真能如上所述,我觉得凭借他写的东西就足以赎罪。我一直深信如此,但这并不意味着这个社会就不需要法律或无须服刑。总之我认为,即便其所写之事在一个局外人眼中再怎么疯狂或者不堪,或者其行为多么大逆不道,只要他将经过一五一十毫无保留地呈现出来,就是他赎罪的最好证明,也应该获得大家的宽恕。而这恰恰与前面所述的不扭曲自主性的主义标准就应该获得大家的宽恕是一样的道理。

如此说来自主之人或许应该受到宽恕或尊重,但同时也要求其自主精神必须十分强烈。不仅如此,还必须具备深厚背景的思想、感情。如果其背景过于薄弱,一旦擅自滥用自主性,不但无法取得成功,还会给社会平添弊害。

这里有必要对“成功”之意予以说明,也需要对所谓强有力的背景做以解释。强有力的背景其实并无特别之处。比如说我断言、宣布并实施一些违反社会惯例的行为,可是如果这些事情毫无根底,只是对我个人来说会有一个必然结果或者是有必要的,却无益于他人,那么我的所作所为一定无法带来相应的反响,那么我就只是文字意义上的“自主”,我只能终其一生流于形式上的自主。更甚者有可能伤及别人的情感,甚至还会使所谓的法则产生波动,从而只会给更多的人带来不快。那么,必须具备的强有力的背景又为何物呢?比如说极具个人主义的法国革命或者是日本明治革新就是最好的实例。掌控天下的虽然此时的德川家势力不是那么强大了,但毕竟其大权在握,仅以架空天皇不合常理为由推翻幕府,其背后是拥有人心,拥有人们对之的同情之心。若非如此就只能注定失败。因此,恣意的自主是万万不可取的。人的觉悟是一步步培养起来的,迟一步则步步迟。一旦合适的时机到来,就意味着你命中有此,因此必须要抢先一步从中获得启发。这或许就是所谓的深厚背景,如果欠缺了这一点就无法成功。

刚才所举成功之例都是历史性的,为了避免大家的误解,这里再举一浅近之例。众所周知,发生学校暴乱时往往会更换校长,当然我说的不是这所学校。随后就会有新的校长接任并着手平息这场暴乱。届时当然需要制订各种方案、计划等,改革也在所难免。如果进展顺利,那么他就算成功了。这里所谓的成功,指的是其做法即便称不上是革新、改革或者整顿,只要结果喜人就会被认同是成功且了不起的。但相反地如果暴乱愈演愈烈,那么此人所做的一切都将受到谴责。可见,用同样的方法做同一件事,最终成功与否要看结果,收效良好便是成功,反之就是此人做法欠妥。总之没有人会去关注你的实际做法,只会看结果论成败。但我所谓的成功不是这种单纯意义上的成功。即便从结果来看是失败的,只要所行为善事,让大家为之同情和尊敬,就是成功。这就是我想说的成功。即便被钉在十字架上刺死也是成功,当然这或许算不上是积极意义上的成功,但无疑也是成功。从暂时意义上来看是不带宗教性的。大家都知道乃木先生死了,但他的死却是出于自己的一片赤诚之心。虽然随之有很多人纷纷效仿并产生了一些不好的影响。而且其中很多人都只是流于形式,根本没有领悟其死的精神。因此我们不能因为这些就否认了乃木先生的成功。因为他的行为至诚至真,相信在座的各位也为之感动,所以我觉得这就是成功。而我们刚刚也说到实现自主性是可行的,只是一定要具备深厚背景的自主性,否则还是无法成功。我指的就是这种意义上的成功。

我们一直在讲人可分为两类,也就是所谓的模仿和自主。一方追求统一:此类人时不时模仿别人,偶尔又会陷入法则的牢笼之中。另一方则向往独立、自由的道路。如此才形成了人类的多样化。虽说每个人都具备如此两面性,但至今为止所谓的修正、改革、革新等,如果缺乏独立自主意识的人就无法铸就相应的丰富知识、感情以及经验基础。而这一点如果无法实现，每当人们回首过去就会不禁感叹历史的贫瘠，可想而知他们给我们带来了多么丰富的体验。从这个意义上来看自主性是十分必要的。我并没有排斥模仿的意思，只是觉得仅仅将这种与生俱来的高尚品质就如此剔除的话，就会导致心灵发展的停滞。而所谓的心灵发展就是代表自主性的上进心，是源于自由的情感，因此我们大家都有必要加强这方面的修养。当然不必如此也照样可以生存下去，或者说内心毫无此种需求，就没有必要在表面上下功夫。有些人如果仅靠模仿就能达到目的那就大可继续如此，而那些积极自主工作的人也只需按照内心的想法去做即可。明明拥有自主的资格，却将之抛在一旁置之不理着实让人可叹，因此自主意识强的人就应该不断提升自我，这对个人、国家或者社会来说无疑都是一种福气。

再重申一遍，我并没有批判模仿的意思，毕竟一个人无论如何也无法从人类这个整体中脱离出来，也无法将自身剥离，没有人能凭借一个人的力量开辟新的道路。即便是画家也不可能一直都可以创作出新的作品。著名印象派画家高更是法国人，但却擅长画野蛮人。他出生在法国，随后去了蛮夷之地。但之所以能有如此成就也要基于在法国时的阅历及基础。一个人如果之前没有看过其他的绘画作品，是无法从中受到启示的。而我认为得到启发和模仿又有所不同，启发可以发展为模仿,反之模仿却从根本上不同于启发。

模仿实则为外界强加性的法则、规则,但也不能任意毁坏。一旦失去必然就会自然消亡。只是要根据利益及存在意义的大小,有可能会比预期提前十年,也有可能推后十年自行消亡。要么就是原型或者模仿的一方较早消亡,而实则是没有太大差别的。因为我们不能主观片面地评判哪方不好,因为双方都有各自存在的理由。特别是面对像大家一样受过教育的人时,如果抛去规则就难以收场,军事训练亦是如此。有些人即便孩提时代对父母言听计从,随着年龄的增长,其独立自主的一面也会随之发展。当然这种发展也是适可而止的,所以我们不是一味地主张和强调自主性。

虽说近来整个社会似乎更趋于认同自主性。但根据目前情况来看,还不能摒弃学校规则随心所欲,那是另一个层面的问题。从日本现状来看,应该将重点放在何处?我认为应该把重点放在自主性方面,并且做好充分的思想准备奋勇前进。我们日本人自诩为热衷模仿的民族,事实也是如此。过去我们模仿中国,现在又跟随西方人的脚步。究其原因,我觉得是因为西方比日本发达,所以自然便成为被效仿的对象。如果遇到自己仰慕已久的人物,想必自己也会憧憬成为他那样的人。我不知道在座的各位年轻人是否会有同样的想法,假设大家也如此认为的话,那么要到达和他们同一个高度就势必要沿着他们走过的路重新来过，同理大家自然就会联想到要追上西方国家日本也要经历同样的历程。但仔细想来，摒弃一味模仿转为自主创新的时代是不是应该到来了呢。我想应该是吧。

日俄战争也是反映自主性的一个极其典型的例子。如果稍稍过度或许就会招致失败，但它却适可而止了。虽然没有收获战争钱款，但是军人的自主性在这场战争中得到了充分的印证。而我认为证实日本艺术较于西洋艺术更具自主性的时机也已成熟。日本动辄就犯恐俄症，甚至畏惧中国，对此我表示鄙视。因为根本无须畏惧，当然我说这些是为了鼓励大家。还有人说看过一些杂志上刊登的日本人写的作品，几乎无法和西方相提并论，这都是无稽之谈。我写的小说也经常在杂志上刊登，当然这里不是说我的情况，请大家不要误解。除此之外，出自文坛大家之手的作品大都十分了得。既不是他们口中的残次品，也一点不逊于西方作品。唯一就是横版、竖版印刷的差别。有人认为横排版设计让人感觉更为巧妙，而这纯属误解。我们明明自身具备独有的特色，不但完全意识不到，反倒盲目地崇拜西方。基于以上情况，我觉得我们应该自主一些，即便无法击败西方国家，但至少不要盲目效仿。同时这不仅限于艺术，例如我个人与文艺结缘颇深，常常从中引发一些例子。而且从其他方面来看也未必赶不上别人，资金方面或许会存在问题，但头脑方面我坚信是没有问题的。在座各位也都受过大学教育，为此也会变得更加自主，所以说你们一定会成为真正意义上主宰未来的新人，而旧调重弹的新事物则是万万不可的。

总之要说孰轻孰重，当然是两个都很重要。每个人都有表有里，我站在这里既代表我自己也为人类代言。我认为必须具备这两面性才能称得上是真正的人。而就目前日本情况而言，与其跟在别人后面谋求所谓的“和谐”，不如我们应该更积极自主地做些实事。

看完文部省的展览会，总觉得其中缺乏了一些自主性的东西，因此此次演讲就把重点放在了这里，希望对大家能有所参考。

（出自第一高中校友会杂志所刊笔记）

大正二年十二月十二日于第一高中

（钟倩　杨晓钟　译）

现代日本的开化

——明治四十四年八月于和歌山

炎炎夏日,却有如此多的听众聚集一堂前来听讲,想必大家一定十分辛苦吧。我听说昨天也有过类似的演讲,果真如此的话,那今天的讲演即便再有新颖之处也会犹如过气的流行,难以引起大家的兴趣了。从这个意义上讲,真是难为大家了。不过,站在演讲者的角度来看也不大轻松。尤其是刚刚牧先生在介绍时说我的演讲富于变化,并给予了颇具广告性的赞辞,这么一来我便成了为了给大家展示妙趣横生的演讲才登台的。如果大家无法感受到妙处所在,我都没什么脸面下台了。这么看来,我现在是深陷困境了。

实际我刚刚上台前和牧先生打过商量。本来是私下的话,但索性还是告诉大家吧,反正也算不上是什么秘密。因为今天演讲时间较长,我担心准备的材料不足,因此刚刚拜托牧先生希望他能稍微多讲一会儿。牧先生爽快地答应了我，我如愿以偿心里的一块石头终于落了地。可是不曾想牧先生刚一开始就对我的演讲做了短评，这本是难能可贵的事情，我当心怀感激才是，只是如此一来确实增加了我的演讲难度。提出那样不合情理的请求，反倒受到如此礼遇，我现在最需要做的事就是立即拿出妙趣横生的素材直奔演讲而去才对，然而我的确没有灵丹妙药般神奇的素材。当然，话虽如此我并非是毫无准备就稀里糊涂地登上这个讲台的。原计划并没有安排我来和歌山，因为我自己提出希望去近畿地区看看，为此公司才分派我来了和歌山，恰好我可以借机探寻一下这片未知地的土地及名胜，于是便有了这样一次演讲。哦，不对，我应该说主要还是演讲，顺便有幸可以走访玉津岛还有纪三井寺等地才对是吧？总之，我怎能空手而来呢。其实我在东京时就已事先想好了此次演讲的题目了。

我这次演讲的题目为《现代日本的开化》，其中“现代”二字放前放后均可。于我来说，“现代日本的开化”和“日本现代的开化”是无甚区别的。无疑是在“现代”“日本”“开化”三个词之间加一个“的”字作为修饰而已。其实简单来说就是讲讲现今日本的开化。要是有人问这个开化要如何开展，我恐怕无从作答。我是想对开化一词作以说明，然后听听大家的高见。或许又会有人问，对开化进行说明又能如何？我个人觉得大家对于现代日本的开化还不大了解。或许这样说有失礼数，但我觉得一般日本人对这一点似乎都不大理解，即便是我自己也没有了解得十分透彻。可是和大家比起来，我有相对较多的时间对这个问题进行思考，所以想借此机会跟大家谈谈我的想法，同时这也是此次演讲的主要目的所在。

我们都是生活在现代的日本人，大家很清楚不论与过去还是未来的人相比，我们都是受到现代开化影响最大的一代，所以说“现代”“日本”“开化”这三个词都和我们有着密不可分的联系。如果大家对于现代日本开化漠不关心或者说还没有清晰地认识的话，一定会时时感到困扰的。因此，我觉得我们大家应该互相学习，尽量去搞个明白。我这么说可能听着会觉得有点过于学究，但是我认为有必要把“日本”“现代”这些修饰词去掉，单独将“开化”一词拿出来探讨一下其本质。大家每天都要重复使用“开化”一词，但如果深究“开化”到底是什么的话，我们会发现它和至今为止我们了解的开化一词的意思竟然有所不同，它还包含一些笼统、模糊的意义在内。为此我想首先从“开化”一语的定义着手。

如果在下定义时稍有不慎就会酿成大错。复杂点说，如果是为了下定义而下的定义，那么就会变得像糨糊工艺一样生硬。每当看到那些将事物的复杂特性简单化的学者们所下的定义,我常常不由地会对他们的能力及才智产生钦佩之情,但同时也为他们的无知而感到遗憾。其中的不利之处简单来说,就是他们将本来很鲜活的东西硬生生地塞进了棺材。当然在几何学中,将圆心到圆周距离相等的图形规定为圆的定义是没有问题的,且不论从定义之便以及弊病方面考虑都是无可厚非的。但是,如果在说明现实社会中的圆形物体时,人们会自然而然地在脑子里画一个理想的圆。因为历来如此则亘古不变,放之四海而皆准。除此之外,四角形、三角形既然作为几何形状存在,就有其对应的定义,一旦定下来就很有可能不再发生变动。而不幸的是在现实生活中极少存在恒定不变的圆、四角形或者三角形,特别是自身具备活动力而生存的物体其变化消长无处不在。今天是四角形有可能发展为明天的三角形,而明天的三角形又可能会化作圆形。总之,并不像几何学一样先有定义随之按其制作出物体,而是先有物体,随之才会有与之对应的对该物体进行解释说明的定义,因此该定义是在预测该事物的变化的基础上确立的,当然如此一来定义难免死板僵硬。这就类似于对面刚好过来一辆汽车,假设我们在汽车运动的瞬间拍了一张照片,这样的照片其实很难说明汽车的运动性质。拿着这张照片逢人就说这是汽车这是汽车,就相当于将整个汽车都定格在一张照片中。从照片来看,确实这是辆汽车,可是从中却无法看出汽车的运动性，因此不得不说这和实际的汽车有悬殊。大家都知道琥珀吧。琥珀里面时而会有苍蝇，透过一看确实是苍蝇，可严密点应该说是动弹不得的苍蝇。不能说它不是苍蝇但绝不能说是活着的苍蝇。而学者们所下的定义常常类似于这张照片中的汽车、琥珀中的苍蝇，原本看着很鲜活，却被定义得很生硬。因此在下定义时要十分注意，也就是说要准确地抓住事物的变化予以定义。例如，规定巡查要身穿白衣并配有军刀，可是并不是说他们在规定巡查的那一天一分钟不休息地巡查，他们总得回家换换衣。再炎热的天也必须佩带军刀的话，岂不是太辛苦？再例如骑兵就指骑马的士兵。这个定义当然没错，但即便是骑兵也不可能一年三百六十五天天天都骑在马上，他们也想下来走走的吧。如此例子举不胜举，所以就此打住。原计划是要给“开化”下一个定义，不知不觉地却把大家卷入到这样一个复杂的定义论中，我表示十分抱歉。但是，如果能注意到以上所讲的几点，至于何为“开化”这个问题，我们至少可以做到避免一些学者易犯的毛病且从中获益。

我们再回到“开化”这个话题，所谓“开化”，和我们刚才说的汽车、苍蝇、巡查、骑兵一样，都是不断变化着的。因此我们不可能将开化的一瞬间准确地定格为照片，然后将之作为开化拿着到处宣讲。我昨天参观了和歌海湾，去过的人中有人说其波涛汹涌,另一方面也有人说那里很安静。那么事实究竟如何呢?仔细打听才知道,一个人是恰逢波涛汹涌的时候去了那里,而另一人则是没什么波浪的时候去的,这样一来自然说辞迥异了。因为都是亲眼目睹,所以双方所说都不是谎言,但也不全对。同理,类似这样偏颇的定义也要不得的,因为它在发挥作用的同时也会带来弊端。因此,我希望在探讨开化的定义时要尽量避免这样的片面性。这样一来,定义往往会显得比较模糊,很遗憾当不得不模糊,只要能达到与其他事物区分开的程度就可以了。正如牧先生刚才所介绍的,夏目先生的演讲就和那篇文章一样偶尔会绕来绕去令人厌烦,为此我表示非常抱歉。绕了一大圈现在终于绕到正题了,接下来我们正式探讨开化的定义。

开化是体现人类生命力的路径。不只是我想这么说,或许大家也都会这样说。我只是觉得如此才这么说的,并非参看了什么书籍,因此没有新奇之处。这样的定义显得过于笼统,前面喋喋不休讲了那么许多,最终只能得出如此定义难免会让人有种被愚弄的感觉。但如果不从此着手定义的话,又会使得定义含糊不清,这样定义也实属无奈之举。

如前所述,人类的生命力会随着时间的流逝逐渐体现出来,并且慢慢形成开化。我认为在这个过程中存在两种性质不同的活动。

其一为积极的事物，其一则为消极的事物。做出如此平庸无奇的讲解我表示十分抱歉，这里我所说的体现人类生命力的积极性一词，意指能量的消耗。与之相反的则指的是用于防止能量消耗的活动及方法策略等，相应的我们称之为消极性。这两者互不相同，活动规律也杂乱无章，也正是在这个过程中出现了开化。说到这里大家不免觉得还是有些抽象，或许听起来还是云里雾里的，但我相信随着我的讲解大家自然而然就会了解。原本所谓人类的生命就被解释为各种意思，而且十分复杂难懂。总之如前所述，凡是只能通过判定生命力的体现、发展及持续而毫无他法的事物，只要我们仔细观察生命力对于外界刺激的反应，由此就可大致了解人类的生活状态。而这种大多数人聚集在一起自古至今所呈现的生活状态就正是所谓的开化，这一点无须重申。由于外界刺激十分复杂，为此我们的生命力应对时的反应也是千差万别。整体来看可以归为以下两种：其一为刺激到来时尽量节约生命力不浪费；其二则是主动前进寻求适当的刺激，同时尽可能消耗所承受的生命力以求得快感。为了方便起见，我们将前者命名为节约生命力的行为，而后者则为消耗生命力的行为。而说起这种节约生命力的行为会在何种情况下才会发生，我们可以冠之以我们平常使用的义务一词，也就是说在面临可描述性刺激时即会发生此行为。历来的德育法以及现今教育方面似乎都十分鼓励大家履行义务、敢作敢为。不过也仅限于是道德层面的，或者说如此这般的话社会将充满幸福。而要说起通过观察人类生命力的降临来掌管该组织一切这个事实的话，似乎只能按照我刚才的这种解释理解。我们自始至终认为彼此之间必须要互尽义务，而且履行义务后会心情舒畅。但是深入其内幕来反省的话，就会发现我们深藏内心根深蒂固的想法却是：希望尽早摆脱义务的束缚恢复自由，面对迫于无奈不得不做的工作时尽量压缩从简处理。而这种秉性也就是节约生命力的方法，同时也是构成开化的一大动力。

就这样消极节约生命力的努力和积极地任意消耗生命力的精神共同构成了开化。理所当然地其表现方式又会随着世界的发展日趋复杂，而要简单说明开化具体体现在哪些方面的话，通俗来讲就是针对被称之为消遣的刺激所做的反应，如此解释最为简单易懂。说起消遣的话众所周知，诸如钓鱼、打台球、下象棋、扛枪狩猎等举不胜举。而这些消遣并没有受到任何人的强迫，都是当事人自发地去消耗自身体力且乐在其中。再深入一点来看，此种精神无论是在文学、科学、哲学等领域同样适用，乍一看让人觉得复杂难懂，实则都是消遣的体现。

我认为对义务刺激所做的反应即积极地节约生命力，以及对消遣刺激所做的反应即积极地消耗生命力，这两种精神相互推进同时发生错综复杂的变化，才形成了如此复杂的开化。至于最终的结果只要看看我们所生存的社会实况就会立即明白。所谓节约生命力其实就是要尽可能减少劳动量以便在少量时间内发挥更大的作用。长此以往火车轮船自不用说，就是电信电话汽车都消受不起。究其根源也不过是避免麻烦的侥幸心理作祟的权宜之计而已。当被告知从和歌山出发去和歌海湾时，如果有可能的话谁也不会愿意前去。但是如果是非去不可，就会想着尽量轻松一点，早去早回。也不想让身体太过劳累，这样的话自然要用上人力车了。再奢侈一点应该就是自行车了吧，再说得带劲点就是电车、汽车，甚至有可能是飞机。话说回来，即便是有电车、电话等设备，一年之中也会有那么两三次由于兴之所至想要步行前去。这就是甘愿通过运动的方式劳其筋骨的例子。而我们每天散散步大致就可属于消耗生命力，也是积极对待生命的一部分。如果恰逢此种兴致接到命令自然刚好，但往往事与愿违。一般人都不想多走，为此就想方设法尽量减少走动。如此一来访问就变成了邮件，邮件又变成了电报，后来索性变为电话。归根结底我们也许可以说这是一种人们在生存需要之上不得不做一些事情之时，通过某些手段使得自己如愿以偿的自私想法。或者说我们可以认为那种不辞辛苦工作以维持生活的做法太不合算,甚至是无稽之谈,而最终的结果就是像怪物一样摇身变成了精明能干的器械。

而这个怪物可以缩短距离和时间,省去很多麻烦,能将所有义务性劳动降到最低限。同时在劳动消减后还不知道将之推向何处时,它本身所具有的被称为消耗生命力的消遣秉性便会尽其所能自由发挥,同时还会不断地发展、前进。这种消遣秉性的发展如果让道德学家来讲或许是不可理喻的吧,但在道义上则不会成为事实。从事实大局来看,在自我享受生命力的同时加以消耗的精神是无时无刻不在运作并发展的。本来就是先有社会才会出现义务性的劳动,如果人类连这一点都放弃的话,无论身在何处都自然地立足于自我为中心,为此面对自身喜欢的刺激而不断消耗精神或者体力将是不可阻挡的趋势。当然对于自身喜欢的刺激做出反应自由地消耗体力未必是件坏事,但消遣如果仅以女性为对象就不能称之为消遣了。自由地进行模仿涉及开化允许范围内的方方面面。如果想要画画就尽情地画;想看书时也可以尽情地阅读。或者说如果谁的儿子声称自己好学,完全不顾及父母的想法,只知闷头看书。父亲即便是花光自己的工资也要想尽办法为儿子筹集学费,然后希望等孩子毕业后能尽快退休。而孩子却对自己的生计漠不关心,信口开河说要发现世界真理,整日里坐在桌前郁郁寡欢。父母为了生计还要考虑学习技术，而孩子却只认可用于消遣的学问。如此看来生命力的消遣对于任何一个道德学者来说都是无法杜绝的。而谈及当今社会上生命力发展如何，又是如何体现的这一问题，我觉得即便是那些根本无法认同在这个竞争激烈的当今社会中会存在消遣而致力于父业的人，只要稍加留意都会对之予以肯定的吧。我昨晚住在和歌海湾，到海湾一看，有垂松、菩萨像以及纪三井寺等等，还看到从旅馆内通往石山山顶的电梯，上面写着“东洋第一海拔二百尺”的字样，很多人乘坐它上上下下游玩参观。而我也是其中一员，就像公园的熊一样钻进那个铁栅栏随之爬上了山。但如果它在生活中不是那么的不可或缺，就彰显不出太大的重要性，充其量也就是让人觉得好奇而已。说白了也就是上上下下而已。这无疑是消遣心理的体现，或许其中也有好奇心及广告的作用，总之和生活无多大关系。以上只是其中一个例子，但我们或许必须认识到开化的发展过程中诸如此类的奢侈之物会越来越多，而且这种奢侈还会日趋细微。好似是大的物体上又加了车轮像漏斗一样越来越深，与此同时还会一年一年逐渐渗透并扩展到我们还尚未注意到的方方面面。

总之，以上所说的两种错综复杂的路径，即出于实现节省劳力的目的而诞生的各种发明及器械以及可任意消耗能量的娱乐方面。两者正是经历了纵向横向的错综复杂的变化，才会形成现今如此混乱的开化。

如果将之称为开化，那么我要试着讲一种反论，乍一听有些奇怪，但实则是一种大家都不得不接受的现象。如果问为什么自古以来人类要顺应开化的潮流，体现以上所说的两种生命力，直至今日，我们只能回答说因为这种倾向生而有之。另一方面来看，我们能有今天也完全是拜其所赐。进一步说，人类如果安于原本的状态，那无论如何也无法生存下去，因此才一步步慢慢前进并发展。而如果从历经几千年的辛劳、岁月最终发展到现今位置这一点来看，既然这两种生命力是自古至今经历长期磨炼的结晶，那么生活理应比过去更为轻松。但实际情况又如何呢？坦率地说，我们彼此的生活仍然十分艰辛，所承担的苦痛也完全不逊于过去人。不对，应该说随着开化的进一步发展，竞争愈演愈烈，生活似乎是越来越困难。诚然，以上所述的两种生命力经过激烈的斗争，最终开化赢得了胜利。但是此种开化只是意味着生活程度有所提高，而生存的苦痛却没有相对减轻。这就类似于无论大、小学生都苦于学习上的竞争，只是程度上有所差别，在比例上是完全相同的。因此要说到过去的人和现在的人在幸福程度上是否不同，或者说在不幸的程度上是否相异，答案就是在生命力消耗和节约这两方面或许无太大差异，而由生存竞争所导致的不安及努力程度丝毫不亚于过去。不对，或许更甚于过去。过去人们都为是生是死争来抢去,因为如果连这点努力都不愿付出则必死无疑,也实属不得已而为之。不仅如此,消遣的念头基本没有,这条路子根本就没有开拓出来,因此人们即便是想这样那样,但方向感却十分微弱,偶尔能伸伸胳膊腿放松一下就十分满足了。现如今已经跨越了是生是死的问题,而是转变为一个生存竞争问题。听上去似乎有些奇怪,实则是说人们必须处心积虑地思考是按照 A 还是 B 的状态生存下去。这里以削减生命力为例,也就是说介于靠拉车过日子与握紧汽车方向盘过日子之间的竞争。无论选择其中哪一个作为职业生存上应该是没有太大区别,但是付出的体力却大不相同。拉人力车的话自然要出很多汗的吧;而如果开着汽车载客的话,短时间内就能跑很远,也不需要耗费太大气力,当然既然有了车也就无此必要了。这样一来既节省了体力且不耽误工作。过去没有汽车的时代是不得而知,但既然发明了汽车,人力车便不得不败下阵来。

（钟倩　杨晓钟　译）

已逝的学生时代

一

回顾我的学生时代，几乎没正儿八经地好好学习。因此很遗憾没有办法为各位读者提供新的学习方法或者一些生动有趣的素材，所以只能现身说法，希望大家看到我这样一个少壮不努力的例子，能够引以为戒。

我出生并长在东京，是个地道的江户人。我依稀记得自己大概是十二岁左右小学毕业（当时为八年制），之后就进了现今的东京府立第一中学，当时是在一桥。每天主要以玩为主业，没怎么正儿八经地学习。不过这所学校我也仅上了两三年而已，后来有了一些想法便自行退学了，当然这其中也是有缘由的。

这所学校与现如今较为完备的学校完全不同，单单学校制度就分为正规与非正规的。

所谓正规是指一般知识的教授全部用日语，丝毫不涉及英语。非正规则恰恰相反，只教授英语。我的情况则属于前者，因此英语便一窍不通。同时也是因为没有辅修英语，所以很难进入当时的预备学校。如此一来我的世界变得索然无味，自己一直以来的愿望也无法达成，于是想着就此作罢，可是父母无论如何也不答应。无奈之下，每天带着便当出门，也不去学校，就随便到处闲逛度日。长此一来父母也察觉到我的想法，不久之后便如愿以偿地退学了。

二

在前面已经提到过，当时的中学主要分为两类：正规和非正规。正规学校的学生不具备外语能力，因此无法参加预备学校的考试。为此这些学生大多会去一些私塾馆学习以应对入学考试。

当时我所知道的私塾有共立学舍、成立学舍等几处。这些私塾一般都十分脏乱，另一方面这里所教授的数学、历史、地理等课程都采用原版书，因此对于没有一点底子的学生来说着实要吃苦头的。自打退学后，我曾一度在麴町的二松学舍读过一年书，当时专攻汉学。但同时我也逐渐意识到英语学习的必要性，于是暗下决心，最后选择了之前提到的成立学舍。

这个成立学舍就位于现骏河台曾我佑准先生家旁边。说是校舍却十分脏乱，简直是大煞风景。窗户连玻璃都没有，一到冬天吹起瑟瑟寒风就四面灌风。去教室上课也不用脱去木屐，老师也大多是些为挣学费来此兼职任教的大学生。

现在回想起来，当时在这个学舍待过的人中很少有功成名就的。举例来说，前长崎高等商业学校校长隈本有尚、已故的日高真实、实业家植村俊平以及新渡户博士等，除此之外可能还另有其人吧。我记得隈本先生当时好像是介乎老师与学生之间。而新渡户博士已经从札幌农学校毕业，一边在大学选修，同时还在这里上课。当时我和新渡户先生坐邻桌，也是从那个时候起才开始对他有所了解，不过他本人似乎并未察觉。就是最近一段时间两人碰面时，他还对我说："我今天可是第一次见你啊！"这俨然初次见面的问候让我哭笑不得："不对吧，过去在成立学舍的时候我就认识你啊！"听后他也不由地笑起来道："原来有这么回事啊。"

三

英语的话，因为之前哥哥学过一点，为此我也略知一二，但是仍觉得复杂难解，便一度放弃了。打那以后再也没碰过英语，就这样姑且也进了成立学舍。前面提到过，这里的课程大多采用原版书，因此对于没什么底子的我来说，不要说学习了，单是理解起来都困难重重。为此也费尽了气力，但却没有为此特意定下什么规则或者采取特殊的记忆法。

当时也完全没有如何将英语学好的自觉性，只是希望能尽早做到能读懂书中的内容。于是便开始了囫囵吞枣的读书法，但是毕竟没有达到一定的积累，即便几番思来想去终归是不得其解。况且，当时图书也没有现今齐全，即使想要多读读看看但无奈数量有限。起初想着首先要自己下功夫培养阅读能力，便开始了囫囵吞枣式的阅读。但现在回顾起来却完全不记得当时都读了什么。就这样到了预科三年级时才开始若有所悟。

数学课也让我吃尽了苦头，每到数学课被叫上黑板，常常都是不知所措硬生生地呆立在黑板前一小时左右。

我还记得，当时参加大学预备入学考试，唯独数学这一科是拜托旁边同学或者自己偷看才侥幸过关的。可笑的是最终我顺利入学了，而那位帮助我的男同学却不幸落第。

四

在成立学舍学习一年左右，第二年试着参加了大学预备校的入学考试，结果顺利通过。那一年我正好十七岁。

这里稍微提及一下预备校的事情，刚开始预备校是四年,大学也是四年,也就是说,到大学毕业需要八年时间。可当我入学不久就变为大学三年,预备校五年。虽说从整体年数来看毫无变化,但预备校的时间确实是增加了一年,这五年又先后分为预科三年,本科两年。

如此一来,预科三年毕业的人和当时中学毕业生相比的话,单从基本知识方面来看就更胜一筹。也就是说,虽然预科学生在动植物以及其他方面的学习大多是通过原版书,但是其毕业生的水平却无异于初中毕业生。因此初中毕业生只需专修英语专业一年,就可以直接进入预备校本科学习。改革的结果就是初中毕业生比预科生要节省足足两年的时间。

而我中学时自行退学,后来又陆续去了二松学舍、成立学舍,最终才考上预科,可谓是绕了一大圈。而那些初中毕业直接去预备校的人,单从年龄上看都是十分有利的。但和我有着类似经历的人也很多,甚至他们遭受的损失比我还要大。

进入预备校后我就不在家住,而是借宿在神田猿乐町的某公寓,打那以后我也没怎么好好学习了。我记得当时是和现南满铁道的副总裁中村是公先生一起租住的。由于早晨学校开课时间是固定的,无奈之下两人只好统一起床时间,但一到晚上作息时间怎么也无法统一。

这一阶段学业方面没有什么特别出色的。特别是数学和英语于我来说一直以来都是老大难，虽说如此每天还是本着自由为上的精神潇洒度日。如此一来成绩一落千丈，预科刚入学时成绩还和芳贺矢一先生等一般水平。原本自己也是和他们站在同一起跑线上的，但是就是因为不用功最后导致成绩每况愈下。当时同级的还有现美术学校校长正木直彦、专门教务局长福原镣二郎、外语学校的水野太郎先生，现如今他们都已经卓有成就。而我们这帮游手好闲的则一事无成，为此渐渐地也就自然而然地和他们疏远了。

五

学习上不够用功，可我对体育运动却十分热衷，倒也不是因为身体虚弱需要进行有规律的运动而为之。虽说是抱着玩玩的心态，但划艇比赛这些还是出于内心喜欢才参加的吧。还有前面提到的中村是公先生他们个个都是运动健将，划艇比赛总是摘得桂冠。惭愧的是我这个所谓的爱好者却从未拿过冠军。

那个时候说起运动，既没有垒球，也没有网球，一般都是体操之类的，不过我连兵式体操都没怎么练过。我一直觉得比起那些运动还不如就随意玩玩就好，快到春假、暑假时，我就把书桌收拾得干干净净，做些压脚压胳膊的运动来玩以至于每次都轰动一时。临考试时也不怎么担心，总是抱着“分数与我无关”的想法，平时也没怎么学习，如此一来头脑也不够发达，于是成绩越来越差。总之就是因为我头脑不灵光，现在依然如此，再加上平时不用功，以至于在学校也失去了信誉，预科二年级时便不幸留级。

留级之后才尝到其中滋味，自此便重整旗鼓开始奋发图强，但也没有投入太多，只是像一般学生一样努力学习。

上课的时候也与往日大不相同，我也开始学着注意听讲。如此一来我发现不需太费周折我也可以做到和普通人一样好。自从认真学习以后，考前我也不再为此苦恼，同时还养成了考前自我检查的习惯。

六

预科三年级时我正好十九岁，由于家里本来就不富足，于是我便萌生了自己赚学费的想法，曾一度和中村是公先生一起在私塾做兼职教师，一个月可收入五日元。

这也是我作为一名老师的开始，我还记得那家私塾名叫江东义塾，当时位于东京墨田区的本所。是由一些有识之士共同创建的，现在看来也属于脏乱不堪的校舍。

虽说一月五日元着实很少，但当时也勉强够用了。由于当时寄宿在私塾的宿舍，宿舍费即为伙食费，每月两日元，而预备校的学费每月只需二十五钱(但需要开学前缴纳一学期的学费),再加上书本大多都是从学校借来的,所以也不大需要什么花费。再从中刨去洗澡费,剩下的一般用于日常零用。每次拿到这五日元,刨去必要花销所剩的钱便和中村是公先生的放在一起,两人一路出去闲逛时基本都用在吃饭上了。

在江东义塾的兼职在下午,一般两小时左右,因此我从预备校回来刚好赶得及。到了晚上就比较自由,也能定下心来学习。这一年还算平稳,只是那里湿气太重,为此我还不小心患了急性沙眼,直到现在我的眼睛还总是出问题。当时父母也很担心,于是劝我那种地方不去也罢。我也只好作罢,辞掉了私塾的兼职。打那以后便住回家里,过了不久江东义塾也解散了。

从此之后的学费也只好仰仗家里,考上大学后有幸获得文部省的贷款资助,同时还在东京专门学校做讲师,为此我也得以顺利毕业。大学期间虽说没什么特别的收益,但也算过得安然。

以上是我对学生时代的回顾,希望读者朋友引以为戒。

(钟倩　杨晓钟　译)